# 东湖竹枝词

刘啟超 著

北方文艺出版社

图书在版编目（ＣＩＰ）数据

东湖竹枝词／刘啟超著． -- 哈尔滨：北方文艺出版社，2020.6

ISBN 978-7-5317-4714-7

Ⅰ.①东…Ⅱ.①刘…Ⅲ.①竹枝词－作品集－中国－当代 Ⅳ.① I227.8

中国版本图书馆 CIP 数据核字 (2020) 第 008964 号

**东 湖 竹 枝 词**
DONGHU ZHUZHICI

作　者 / 刘啟超

责任编辑 / 路嵩　　　　　　　　　　装帧设计 / 树上微出版

出版发行 / 北方文艺出版社　　　　　邮　编 /150090

发行电话 /(0451)86825533　　　　　经　销 / 新华书店

地　址 / 哈尔滨市南岗区宣庆小区 1 号楼　网　址 /www.bfwy.com

印　刷 / 武汉市卓源印务有限公司　　　开　本 /880×1230　1/32

字　数 /128 千　　　　　　　　　　印　张 /6.75

版　次 /2020 年 6 月第 1 版　　　　　印　次 /2020 年 6 月第 1 次印刷

书　号 /ISBN 978-7-5317-4714-7　　　定　价 /40.00 元

# 我的东湖情缘

## ——自序

美丽中国拥有湖泊成千上万，如珍珠、如宝镜，镶嵌在祖国广袤的大地上，熠熠生辉。在我心目中，武汉东湖却与众不同，她闪耀的是异样的光彩。百度搜索"中国十大名湖"资料显示，东湖在中国十大名湖中位列第五，简短的介绍词说东湖"是武汉最广阔优美的风景区，异样繁华，分外娆人"。

作为中国最大的城中湖，武汉东湖在全国的湖泊中，应属出类拔萃者。人们在注目她的广阔之余，是否也会想到东湖天生地设之生态作用，东湖历史文化之源远流长，东湖山水洲渚之钟灵毓秀，东湖与日俱增的美化建设。怎一个"大"字了得！

我对东湖一往情深，是缘于少年时代对东湖的认识。还是在佩戴红领巾的时候，学校间或组织学生在武汉市内景点游览，因为学校在汉口，一般就在中山公园、解放公园等处游玩。直至有一次，到武昌春游东湖，顿时觉得天地开阔，琉璃千顷，在茫无涯际的烟波中，我初识东湖的辽阔。继而，我读初中时，学校组织师生去珞珈山武汉大学参观。玩兴正浓的年龄，兴趣却在湖山之间。登上珞珈山顶，看东湖碧波荡漾，周边群山逶迤，远处苍色如黛，脚下翠林葱郁，繁花似锦，让我再次领略到东湖的壮美。

可惜得很，囿于条件，这种机会不是常有。我对东湖的眷念，从那时起就深怀于心。

二十世纪末，我随工作单位迁居到东湖梨园旁边，从此朝夕与东湖相伴。工作之余，我常常去东湖散步，在徜徉中，领受东湖迷人的魅力。从小时候觉得遥不可及的名胜，到现在一下拉到眼前的美景，我怀着极大的兴趣，去观察她，亲近她。

真正熟悉东湖当是我在新华社退休之后。二○一二年，我告别了近三十年的新闻工作，开始学习诗词，这是我学生时代就憧憬的远方。尽管我从事文字工作几十年，但接触格律诗词并不多，因而尚需从头学起。为寻找创作灵感，也为了锻炼身体，我几乎每天都行走在东湖的西岸。在长天楼、在梅岭，追寻伟人钟爱东湖的缘起；

在行吟阁、在屈原纪念馆，领受屈子文化的熏陶；在苍柏园、在陶铸楼，体会先辈筚路蓝缕，以启山林的艰辛。听涛景区的湖山丘原、亭台楼阁，处处都有我留连的足迹。

但这还只是博大东湖的一角。还有人文历史厚重和自然风光优美的听涛、磨山、落雁、吹笛，以及科教胜地珞洪等一系列风景区。我试图从东湖的历史到现代的发展，从人文景观到自然资源等各个方面，去深入了解她，探寻她。

就在这个过程中，东湖绿道 —— 一条世界级绿道、国内首条城区内国家 5A 级旅游景区绿道建成了。全长一百多公里的绿道，扣环成网，把东湖各大景区串联起来，形成一幅无与伦比的连轴画卷，把东湖的山、林、泽、园、岛、堤、田、湾等，与人文的亭、台、楼、阁、轩、榭、廊、舍等，联璧串珠，使人更紧密地亲水、亲山、亲自然。于是，凭借这张网，我踏遍了东湖的每一个角落。

对东湖的踏访，使我愈来愈觉得，与其他名湖相比，武汉东湖毫不逊色。即便是与天下闻名的杭州西湖相比，武汉东湖也有壮美其甚的特点。有感于此，我曾在二〇一七年写过一阕词：

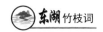

## 浪淘沙·行游西湖思东湖

久住大湖边，见惯漪澜。人言西子却轻妍，娇巧玲珑飘倩影，真个名媛。妆抹淡浓间，游客摩肩。两湖竞艳玉阶宣，壮美纤柔呈丽质，双璧争先。


我把武汉东湖的壮美与杭州西湖的纤柔并列在一块，是为"双璧"。诗中的"玉阶"，即敬爱的朱德总司令。他在一九五三年游武汉东湖时，留下了题词，对东湖的期许是"东湖暂让西湖好，今后将比西湖强"。六十多年过去了，面积相当于杭州西湖六倍的武汉东湖，经过建设发展，今天是否追上了西湖呢？这是一个有趣的话题。

还是那份中国十大名湖资料，我注意到其中对杭州西湖的评价，有一句"历代文人墨客以诗赞颂之作极多"，这也许是以前杭州西湖在声名远播上稍胜一筹的缘由之一。

若论武汉东湖之大、之美、人文历史之宏博，为中国乃至亚洲的城中湖中所罕见。东湖的天生丽质固然为人们所称道，但世代人文之盛为扮靓东湖所作出的贡献也值得敬仰，特别是新中国成立后，大规模地建设发展，使得东湖如锦上添花。武汉市东湖生态旅游风景区管委会挂牌以来，东湖先后荣获国家5A级旅游景区等多项国字级称号，最近又获得"长江经济带2018年最美河流（湖泊）"称号。东湖绿道于2017年被联合国人居署列为"改善中国城市公共空间示范项目"。今日之东湖，正在致力于打造现代化、国际化、生态化的大东湖国家城市生态示范区，打造有世界影响力的城市亮点区块，构建"生态之心、人文之心、融合之心"三心合一的东湖生态绿心。东湖如此耀眼的光环，也逐渐为世人所知。

当然，东湖仍然需要鼓与呼。多年来，东湖高度重视宣传工作，各级媒体作了大量报道，出版了以《文话东湖》《东湖史话》为代表的一系列文献，为东湖点亮世界作出重要贡献。相形之下，东湖诗词或许尚在蓄势之中。我以为，以诗词形式来展示东湖，也是不可或缺的题中应有之义。

古往今来，也有吟诵武汉东湖的诗词，其中也不乏锦篇绣帙。譬如南宋文人袁说友的《游武昌东湖》诗："只说西湖在帝都，武昌新又说东湖。一围烟浪六十里，几队寒鸦千百雏。野木迢迢遮去雁，渔舟点点映飞乌。如何不作钱塘景，要与江城作画图。"诗中描绘的东湖，大有与杭州西湖媲美之势。这首诗传诵至今八百多年，证明好的诗词是有长久的生命力的，也说明经典的诗词相较其他的文学体裁更为人们所喜闻乐见。因此，东湖需要有专门的诗词集面世，以与东湖在海内外的地位、影响，以及与日俱增的发展高度相匹配。发展中的东湖，也亟待一张走向世界的靓丽名片。我认为，这张名片当数最接地气的《东湖竹枝词》。

我住在东湖之滨，熟悉东湖，热爱东湖，多少年来萦怀于心的东湖情结，使我萌生了以竹枝词来记录、展示、讴歌大美东湖的冲动。竹枝词是格律诗中的一种特殊体裁，写实和民间气息是它的最大特点，它可广为记事，朗朗上口，易于传播。在题材上以风土世情为主，山水形胜、风物典迹等都是重要的吟咏对象。清朝竹枝大家叶调元所著《汉口竹枝词》，就是武汉城市文化的一束奇葩。一百多年以来，在世间广为流传，在展示旧汉口的风土世情的同时，还能以诗佐史，以诗拾遗，对全方位研究武汉提供了重要史料。

近年来，各地竹枝词创作风起云涌。仅武汉市而言，就有《汉正街竹枝词》《洪山竹枝词》《蔡甸竹枝词》等相继问世，起到"押韵的地方志"

和宣传本区域的作用。而优美且深邃的东湖为竹枝词创作提供了丰富的题材，时代呼唤东湖竹枝词，东湖崛起文化高地，正当其时。

有幸的是，武汉市东湖生态旅游风景区管理委员会领导对我的创作意图给予了足够的重视和支持，决定将出版竹枝词诗集作为"文话东湖"文献系列之一，而列为专项文化工程，让我挑起创作《东湖竹枝词》专集的这副重担。区管委会领导吴汉泉同志对诗集的宏观布局整体架构进行了精心指导，并提供详尽资料以作参考。区旅游局指定了专人负责联络和协调有关采访事宜。倘若没有这些支持，这本诗集是很难面世的。

受命之后，我实在不敢懈怠，夙兴夜寐地写作了大半年，终于完成了这部拥有三百四十八首诗、基本囊括东湖全部景观的《东湖竹枝词》。诗集按照东湖的"一链（东湖绿道）八景（听涛、磨山、落雁、吹笛、湖北省博物馆、武汉植物园、欢乐谷、海洋世界）"的景点景观分别作了描摹，也简约介绍了东湖特产，并对东湖周边以武汉大学为主的文化圈作了描述。我力图从东湖的各个方面、各个方位，多角度来展现她的生态之美、历史之美、人文之美。为东湖的美丽画页提供一张张图解，为东湖的来客叙说一串串导游词，为东湖的建设发展史留取一份份佐证。能否达到这个效果，还需读者检验。应该说明的是，本诗集于二〇一九年九月底已经定稿，以至稍后举行的、举世瞩目的第七届世界军人运动会，在东湖举办的四项赛事未能涉及，这也给今后的创作者留下写作空间。

一句熟语"抛砖引玉"，在我来说不是谦词。我抛出的是砖，但是实在，可以奠基；希望引出缀玉串珠，以筑起东湖文化的秀峰。

刘啟超
二〇一九年十一月

# 目 录

## 概说东湖

习莫东湖会（二首）．．．．．．．．．．．．．．．．3

东湖概貌（四首）．．．．．．．．．．．．．．．．．．4

东湖变迁（一首）．．．．．．．．．．．．．．．．．．6

东湖子湖（一首）．．．．．．．．．．．．．．．．．．6

东湖地理（一首）．．．．．．．．．．．．．．．．．．7

东湖水景（二首）．．．．．．．．．．．．．．．．．．7

东湖岸柳（三首）．．．．．．．．．．．．．．．．．．8

东湖池杉（二首）．．．．．．．．．．．．．．．．．10

## 文化东湖

东湖宾馆（十首）．．．．．．．．．．．．．．．．13

珞珈山（四首）．．．．．．．．．．．．．．．．．18

樱花大道（一首）．．．．．．．．．．．．．．．．20

浪淘石（一首）．．．．．．．．．．．．．．．．．20

武汉大学（二首）．．．．．．．．．．．．．．．．21

李四光（一首）．．．．．．．．．．．．．．．．．22

王世杰（一首）．．．．．．．．．．．．．．．．．22

李达（一首）．．．．．．．．．．．．．．．．．．23

凌波门（一首）．．．．．．．．．．．．．．．．23

武大老图（二首）．．．．．．．．．．．．．．24

六一亭（二首）．．．．．．．．．．．．．．．．25

宋卿体育馆（二首）．．．．．．．．．．．．26

武大牌楼（二首）．．．．．．．．．．．．．．27

宝通寺（三首）．．．．．．．．．．．．．．．．28

洪山宝塔（二首）．．．．．．．．．．．．．．29

洪山公园（二首）．．．．．．．．．．．．．．30

施洋烈士陵园（二首）．．．．．．．．．31

无影塔（二首）．．．．．．．．．．．．．．．．32

帆船基地（一首）．．．．．．．．．．．．．．33

水上马拉松（一首）．．．．．．．．．．．34

## 东湖绿道

概说绿道（四首）．．．．．．．．．．．．．．37

湖中道（四首）．．．．．．．．．．．．．．．．39

湖山道（三首）．．．．．．．．．．．．．．．．41

听涛道（三首）．．．．．．．．．．．．．．．．42

磨山道（三首）．．．．．．．．．．．．．．．．44

郊野道（三首）．．．．．．．．．．．．．．．．45

白马道（二首）．．．．．．．．．．．．．．．．47

森林道（二首）．．．．．．．．．．．．．．．．48

## 湖北省博物馆

湖北省博物馆（七首）．．．．．．．．．．．．．51

## 听涛景区

东湖牡丹园（六首）．．．．．．．．．．．．．．57

东湖异国风情园（三首）．．．．．．．．．．60

东湖鲁迅广场（三首）．．．．．．．．．．．61

东湖长天楼（五首）．．．．．．．．．．．．63

东湖落霞水榭（五首）．．．．．．．．．．．65

东湖雪梨轩（二首）．．．．．．．．．．．．68

梨园健康步道（三首）．．．．．．．．．．．69

碧潭观鱼（四首）．．．．．．．．．．．．．．70

东湖濒湖画廊（五首）．．．．．．．．．．．72

象雕（一首）．．．．．．．．．．．．．．．．75

东湖行吟阁（七首）．．．．．．．．．．．．75

屈原纪念馆（三首）．．．．．．．．．．．．79

先月亭（四首）．．．．．．．．．．．．．．．80

苍柏园（八首）．．．．．．．．．．．．．．．82

东湖女儿（一首）．．．．．．．．．．．．．．86

可竹轩（四首）．．．．．．．．．．．．．．．87

陶铸楼（二首）．．．．．．．．．．．．．．．89

九女墩（五首）．．．．．．．．．．．．．．．90

梨园（六首）．．．．．．．．．．．．92

握手雕塑（一首）．．．．．．．．．．95

和平龙雕塑（一首）．．．．．．．．95

小梅岭（三首）．．．．．．．．．．．96

东湖大门（二首）．．．．．．．．．97

听涛轩（四首）．．．．．．．．．．．98

松坡（一首）．．．．．．．．．．．．100

亚洲棋院（二首）．．．．．．．．．101

水云乡（二首）．．．．．．．．．．102

沧浪亭（三首）．．．．．．．．．．103

落羽桥（二首）．．．．．．．．．．104

荷风桥（一首）．．．．．．．．．．105

听涛观景平台（一首）．．．．．．106

听涛泳场（三首）．．．．．．．．．106

雁归桥（二首）．．．．．．．．．．108


东湖寓言雕塑园

曾子不说谎（二首）．．．．．．．．111

掩耳盗铃（二首）．．．．．．．．．112

东郭先生与狼（二首）．．．．．．113

射手和卖油郎（二首）．．．．．．114

愚公移山（二首）．．．．．．．．．115

叶公好龙（二首）.................. 116

庖丁解牛（二首）.................. 117

自相矛盾（二首）.................. 118

螳螂挡车（二首）.................. 119

猎人争雁（二首）.................. 120

## 磨山景区

概说磨山（五首）.................. 123

楚城门（二首）.................... 125

楚天台（四首）.................... 126

楚市（二首）...................... 128

祝融观象雕塑（三首）.............. 129

编钟石门（一首）.................. 130

鬻熊雕塑（一首）.................. 131

庄王出征（一首）.................. 131

南国哲思园（一首）................ 132

人擎华盖灯柱（一首）.............. 132

刘备郊天坛（五首）................ 133

朱碑亭（三首）.................... 135

磨山摩崖石刻（二首）.............. 137

烟浪亭（一首）.................... 138

离骚碑（四首）.................... 138

东湖梅园（五首）．．．．．．．．．．．．．140

东湖樱园（五首）．．．．．．．．．．．．．143

东湖杜鹃园（四首）．．．．．．．．．．．145

东湖盆景园（五首）．．．．．．．．．．．147

东湖荷园（四首）．．．．．．．．．．．．．149

东湖桂花园（二首）．．．．．．．．．．．151

东湖千帆亭（二首）．．．．．．．．．．．152

经心书院（三首）．．．．．．．．．．．．．153

楚辞轩（一首）．．．．．．．．．．．．．．．154

蛮王冢（一首）．．．．．．．．．．．．．．．155

磨山索道（二首）．．．．．．．．．．．．．155

磨山滑道（一首）．．．．．．．．．．．．．156

翠帷蕴谊（二首）．．．．．．．．．．．．．157

武汉植物园（二首）．．．．．．．．．．．158


落雁景区

概说落雁（二首）．．．．．．．．．．．．．161

清河桥（二首）．．．．．．．．．．．．．．．162

鹊桥相会（一首）．．．．．．．．．．．．．163

雁洲索桥（一首）．．．．．．．．．．．．．163

赵氏花园（一首）．．．．．．．．．．．．．164

芦洲古渡（一首）．．．．．．．．．．．．．164

乌龙古井（一首）..................165

乌龙潭（一首）....................165

雁栖坪沙（一首）..................166

落雁玫瑰园（二首）................166

田园童梦（二首）..................167

白马洲（二首）....................168

白马冢（一首）....................169

白马回首（一首）..................170

白马驿站（二首）..................170

桃花岛（一首）....................171

北洋桥（一首）....................172

东湖国际公共艺术园（一首）........172

《水》雕塑（一首）................173

白马花海（一首）..................173

星光璀璨（劳模岛）（一首）........174

荷塘月色（一首）..................174

## 吹笛景区

概说吹笛（二首）..................177

马鞍山（二首）....................178

晓塘春色（一首）..................179

毕山竹影看竹雪（一首）............179

七彩网红桥（一首）.................180

松鸽坪（一首）.................180

烧烤乐园（一首）.................181

太渔桥（一首）.................181

时见鹿书店（一首）.................182

凌霄阁（一首）.................182


## 武汉欢乐谷

欢乐谷（二首）.................185

玛雅海滩水公园（一首）.................186

麦鲁小城（一首）.................186

华侨城湿地公园（一首）.................186


## 东湖海洋乐园

东湖海洋世界（六首）.................189

飞鸟世界（三首）.................192


## 东湖特产

东湖荷塘三宝（一首）.................195

东湖莲藕（一首）.................195

东湖茶园（二首）.................196

# 概说东湖

# 习莫东湖会

## 一

四月江城丽日天，寰球注目秀湖边。

长江水接恒河浪，习莫会谈铭史篇。

注：2018 年 4 月 27 日至 28 日，习近平主席在武汉东湖和印度总理莫迪举行非正式会晤，引起世界广泛关注。

## 二

中印晤谈邻里情，林荫绿道论纵横。

凉亭品茗风云揽，又博东湖世界名。

注：习莫会晤时，在武汉东湖边散步谈心，在东湖泛舟、品茶。

# 东湖概貌

## 一

锦绣江城丰水图，大川牵手大东湖。
碧波万顷黛山绕，江汉双龙拱宝珠。

注：长江、汉水在武汉交汇，似二龙拱卫东湖。

## 二

钻石镶边武汉东，湖光闪烁映青穹。
上天造物有灵慧，独秀江城也算公。

注：东湖地处武汉东边，故得名。

# 三

黄鹤白云昊宇蓝，彩描三镇色犹酣。

更添王母有心落，遗下东湖碧玉簪。

注：民间传说，东湖是天上王母娘娘遗落在人间的一枚碧玉簪，所以才如此美丽。

# 四

湖天百里泽通衢，岸线曲长连四区。

气贯吴头雄楚尾，亚洲称首邑中湖。

注：武汉市东湖风景区面积 81.68 平方公里，水域面积达 33 平方公里，是亚洲最大的城中湖之一。东湖所在地在三国时期属吴国，现与武昌、青山、洪山、东湖新技术开发区相邻。

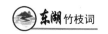

# 东湖变迁

大江纡曲过江城，盘泊留湖系恋情。

沧海几番流域变，只存玉鉴古今明。

注：东湖由长江淤塞而形成，原与其他湖泊相通并与长江相连。1899 年至 1902 年，湖广总督张之洞下令在江湖之间筑起武金堤和武青堤，从此江湖分离。

# 东湖子湖

郭郑官桥水果馨，天鹅落雁小潭汀。

子湖片片纵横汇，孔雀舒开彩锦屏。

注：东湖由郭郑湖、天鹅湖、小潭湖、汤菱湖、菱角湖、筲箕湖、喻家湖、庙湖、后湖、团湖、水果湖等子湖组成。

# 东湖地理

八方堆翠锦屏山，九十九条清水湾。
百岛星罗帆影远，四周港汊迭交环。

注：东湖周边有34座山峰，湖中有120多个岛
渚，港汊交错，号称九十九湾。

# 东湖水景

## 一

平湖壮阔水天茫，薄雾疏开现远苍。
鸥鹭高低影穿镜，游鱼翻浪出屏框。

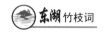

## 二

一湖碧水黛山衔，万派清光映白帆。
纹浪不惊低调澹，静心侧耳听呢喃。

# 东湖岸柳

## 一

沿岸东湖袅柳林，摇枝风舞扫尘心。
凌波顾影描眉叶，莺啭梢头人唱吟。

注：东湖沿岸水边遍植柳树，成为一道独特的
风景线。

# 二

疏顶难当正午阳，市廛道树半青黄。

湖边垂柳凌波探，拂水枝条引沁凉。

注：夏季时，东湖岸柳枝条垂于水中，有东湖
水滋润，显得格外清秀。

# 三

映日东湖秀丽容，长丝拂水吐清衷。

纷披细叶临裁出，柳眼含情望蕙风。

注：每年早春，东湖岸边柳树泛青，日见翠绿，
报晓春色。

# 东湖池杉

## 一

羽叶纷披赛翠翎，干冲霄汉塔尖形。

挺胸自有雄兵在，夹道强堤护绿汀。

注：池杉是东湖主要树种之一。既有夹道护堤的长列杉排，又有茂密成片的杉林。

## 二

心坚禅定悟沙门，拱出株周众佛尊。

法相如真姿各异，原为灵树气生根。

注：池杉根部周围地面长出的呼吸根，形如群佛聚会，其实是通常说的气生根。这是植物为了适应环境，形态发生变异的结果。

# 文化东湖

# 东湖宾馆

## 一

宾馆临湖四季春，白云黄鹤大江邻。

号称湖北中南海，四十八回居伟人。

注：东湖宾馆在东湖之滨，因为毛主席生前四十八次下榻这里，在这里工作和生活，故有"湖北中南海"之称。毛主席称这里为"白云黄鹤的地方"。

## 二

夙夜在公人在途，钟情武汉爱东湖。

伟人驻足长江畔，梅岭窗前绘彩图。

注：毛主席在东湖宾馆居住的地方又称"梅岭"。

# 三

黄鹤白云飞晚霞，毛公伏案绘新华。

江城灯照不眠夜，路线构图兴国家。

注：1953年2月，毛主席视察南方，这是建国后他首次到武汉。在调查研究之后，毛主席在武汉勾画了新民主主义向社会主义过渡时期的总路线。

# 四

东湖昼夜亮灯光，谋划江城建武钢。

见证高炉奔铁水，伟人擘画铸辉煌。

注：1954年初，毛主席亲自督促解决我国第二大钢铁基地选址问题，对武钢建设十分关注。1958年9月13日，毛主席亲临武钢，见证了第一炉铁水奔涌而出。

# 五

天堑隔开南北途，毛公挥臂在东湖。

一桥飞渡长江水，气贯长虹达九衢。

注：武汉长江大桥是在毛主席亲自关心下建成的，他不仅亲自实地考察审定了桥址，还多次视察大桥建设工地。大桥通车后，又亲自题词："一桥飞架南北，天堑变通途。"

# 六

海峡风云突变昏，东湖坐镇击金门。

指挥若定张驰度，力挽狂澜不着痕。

注：1958 年，台湾在美国支持下，制造海峡紧张局势。毛主席决定主动出击，炮击金门，毛主席在东湖给周恩来等人的回信中，提出了炮击金门的集中打与打零炮相结合的策略，指挥金门炮战。

# 七

东湖三次过生辰，领袖平凡性情人。

粗食淡蔬长寿面，身边勤务作来宾。

注：建国后，毛主席共度过二十七个生日，其中有三次生日在武汉度过。过生日时，也与平常一样粗茶淡饭，不过多加了"长寿面"，身边的工作人员与他共餐。

# 八

东湖情结系毛公，钟爱美评言表中。

江汉碧波连四海，河山万里沐春风。

注：毛主席多次夸赞东湖是个好地方。1953年2月19日，他和中南局、湖北省委几位领导谈话时评论东湖："你们的东湖不错嘛，……特别是如此浩瀚的湖面，如此清澈的湖水，真是少见啊。"

# 九

亲水东湖在武昌，迎风驱涌斗长江。

惊涛自信三千里，浪遏飞舟在楚湘。

注：毛主席一生爱水，游泳是他的毕生乐事，韶山的池塘、水库，湘江、长江、北戴河都有他游泳的记载。毛主席有诗曰："自信人生二百年，会当水击三千里。"

# 十

开放故居风采雄，肃然瞻仰敬毛公。

人潮奔涌东湖浪，世界羡看中国红。

注：东湖宾馆现在已开放毛主席故居，每年都有几十万中外来宾参观瞻仰。

# 珞珈山

## 一

东湖浪拍岸西南，葱郁秀山清水涵。
横亘连绵峰逸丽，华堂缥瓦碧如蓝。

注：珞珈山在东湖西南岸武汉大学校园，由十几个小山组成。

## 二

原名落驾有来头，率部庄王扎寨留。
改叫珞珈闻院智，相偕武大共春秋。

注：珞珈山原名落驾山，春秋时期楚庄王出征曾在此安营扎寨。二十世纪三十年代初，武汉大学首任文学院院长闻一多将山名改为珞珈山。

# 三

风云际会抗倭时，周蒋旧居新焕姿。

山墅林间龙凤卧，激扬多少振华辞。

注：国共合作抗战时，武汉曾是全国抗战中心，周恩来、蒋介石曾在珞珈山住过，旧居仍在。郭沫若、郁达夫等一批文人志士也在此写下激扬文字。

# 四

清白黉门蒙尘埃，洗销前耻又重栽。

扬眉吐气邦交礼，粉雪樱花再度开。

注：抗战中，武汉沦陷后，珞珈山成为侵华日军中原司令部，并从日本运来一批樱花树种下，被国人视作耻辱。中日邦交正常后，珞珈山又种下日方赠送的樱花树苗。

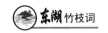

# 樱花大道

柔枝浓密落英纷，雪白胭红染彩云。
樱路绵延三百丈，人潮花海涌欢欣。

注：珞珈山有著名的"樱花大道"，旁边种满
樱花树。花开时节，游人如织。

# 浪淘石

珞珈山脚石峥嵘，探入湖中浪不惊。
驼背浮牛分列峙，陆离斑驳恍蓬瀛。

注：珞珈山山脚下有一大片岩石伸入东湖，随
水位高低出没。

# 武汉大学

## 一

最美风光武大荣，山湖辉映校园菁。

百年学府才层出，不负钟灵毓秀名。

注：武汉大学坐落在珞珈山，被誉为"中国最美丽的大学"。

## 二

武大溯源文脉长，学堂起自晚清张。

人才培育为雄起，一百余年忆自强。

注：武汉大学溯源自 1893 年张之洞所办的自强学堂。

# 李四光

土木兴工李四光，艰难建校辟坟冈。

竭精励志为圆梦，黉舍园林铸炜煌。

注：1928年，李四光担任武汉大学筹委会委员、武大新校舍建筑设备委员会委员长。由他主持选定了新校址，并完成了新校舍的建设。

# 王世杰

求贤蕙圃育芝兰，校长当推首任难。

敬业躬行王世杰，清名刻墓不标官。

注：武大首任校长王世杰，治学严谨。他一生当过国民党政府多任高官，去世前留言在墓碑上只可刻上武大校长的职名。

# 李达

肃膺校长十三年，倍重师资集俊贤。

哲学奠基当路石，赤心办学代相传。

注：李达从 1953 年至 1966 年，执掌武大 13 年，是武大历史上任期最长的校长。1956 年他主持重建哲学系，成为全国高校有影响力的学科。

# 凌波门

凌波门外水云连，架起栈桥圈四边。

花样跳湖人浪漫，清凉世界度炎天。

注：武汉大学凌波门紧挨东湖边，凌波门外东湖栈桥处是一个天然游泳池。

# 武大老图

## 一

一宫四翼仿皇家，雄踞山峦映彩霞。

内接回廊欧式柱，中西合璧取精华。

注：武汉大学老图书馆，简称老图。位于武大的制高点，1935年竣工，为中西合璧的宫殿式建筑。

## 二

双联廊柱拱门宽，落地玻璃石曲栏。

顶部塔楼蓝绿瓦，重檐八角似皇冠。

# 六一亭

## 一

殷红六柱树碑亭，苍柏长随翠顶青。

暴政当年滋惨案，愤悲武大祭冤灵。

注：六一惨案纪念亭在武汉大学校园内，建于
1948 年，是纪念 1947 年 6 月 1 日武汉大学师生在反
抗国民党反动派血腥镇压中牺牲的三名学生而建。
亭内立有大理石碑，正面刻有"六一惨案纪念碑"
七字，背面记载着"六一惨案"的经过。

## 二

无辜学子正韶年，盼亮身亡拂晓前。

七十余年碑志在，师生耿耿与心连。

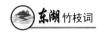

# 宋卿体育馆

## 一

三檐滴水透风光，中式歇山西式墙。

跨度宽长三绞拱，壮观明丽至今强。

注：宋卿，黎元洪的字。宋卿体育馆位于珞珈山南部，屋顶采用三绞拱钢架结构，侧墙为巴洛克式舵形山墙，又有中式三檐滴水，是典型的中西合璧建筑。

## 二

武大教师袁澈庵，筹资建馆苦当甘。

玉卿二子兴公德，十万大洋成美谈。

注：武大教师、体育教育家袁浚（号澈庵）当年为建馆多方奔走，争取到黎元洪的两个儿子捐资十万大洋，体育馆才得以在1936年建成。

# 武大牌楼

## 一

八方四柱寓迎贤，石刻祥云蕴梦圆。

熠熠琉璃春意勃，校名气派势冲天。

注：武汉大学牌楼建筑皆有寓意，校名前冠以
"国立"二字，更显得气势不凡。

## 二

几番销铄几番兴，情结牌楼学子凝。

再刻石碑铭校训，殷殷嘱托点心灯。

注：武大校名牌楼自1931年建立，其中包括天
灾毁坏、人为拆迁等，经历了四次兴建。现存牌楼
在2013年落成，并配有校训石、纪念墙等景观。

# 宝通寺

## 一

洪山林麓庙堂雄，典范皇家寺院宫。

起建南朝悠远史，千年僧俗市廛融。

注：宝通寺紧连洪山公园，毗邻东湖，始建于南朝宋年间，距今已有一千六百余年历史，是皇家寺院典范，也是中南地区城市中占地面积最大的寺院。

## 二

坐北依山次第峣，山门过后圣僧桥。

藏经钟鼓楼连殿，堂室宫亭彩绘雕。

注：宝通寺的佛教建筑群坐北朝南，依山就势层层叠起。

# 三

兵燹多番浴火生，僧伽朝野护禅情。

宋钟元塔明狮在，铁佛唐朝铸就成。

注：宝通寺历史上屡毁屡建，寺内现有文物唐
铸铁佛、宋代万斤钟、元代石塔、明代石狮等。

# 洪山宝塔

## 一

七级八方红塔楼，石雕斗拱铎铃钩。

万斤铜顶金光灿，一柱擎天云四浮。

注：洪山宝塔位于洪山南坡，俯瞰东湖，七层
八方，每层八角悬以风铃，用铸铜一万三千斤结顶。

## 二

初名灵济元朝兴，建塔只为怀圣僧。

七百余年风雨过，巍峨矗立亮心灯。

注：宝塔于元代至元十七年（1280年）动工，历时十一年建成，为纪念开山祖师灵济慈忍大师所建。

## 洪山公园

## 一

洪山原本叫东山，巍峙江湖水云间。

寻古探幽冲要道，闹中取静独悠闲。

注：洪山临东湖、望长江，地处繁华街道武珞路要冲，古称东山。

二

连脊蛇山尾接龙，相邻名刹响晨钟。
李邕故宅书香衍，古木虬枝挺岳松。

注：著名的江南龙脉以蛇山为头，洪山为尾。洪山公园与宝通寺相邻，有唐代书法家李邕故居遗址，有宋朝岳飞驻武昌时亲植古松。

# 施洋烈士陵园

一

肃穆牌楼连广场，钢筋铁骨塑施洋。
冢陵葱郁苍松绕，石壁浮雕刻慨慷。

注：施洋烈士陵园位于洪山南麓，有施洋烈士陵墓和全身塑像、纪念馆等。

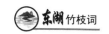

## 二

展陈遗物汗青留，董老题诗在上头。
瞻仰先贤铭血史，洪山红色不闲游。

注：董必武于一九五七年为施洋烈士塑像题诗。

# 无影塔

## 一

四层八角砌青砖，古塔玲珑宋代传。
原立遗墟兴福寺，拆零逐块复原迁。

注：无影塔始建于晚宋，原址在洪山东麓兴福寺故址内。因塔身倾斜破裂，于1962年由文化部门化整为零搬迁至洪山西麓。

# 二

镇水降龙压尾端，记文建塔以安澜。

江城古建生奇迹，无影千年猜谜团。

注：无影塔建在"江南龙脉"的龙尾上，是武汉市现存最古老的建筑之一。《江夏县志》记载：该塔下有一浪花井，常沸涌如浪，其脉通江，"建塔以安澜焉"。原址是否无影或为何无影已成不解之谜。

# 帆船基地

波平浪缓助飞舟，动静相宜画境浮。

点点白帆如箭发，健儿水上竞风流。

注：东湖帆船基地位于东湖湖心亭附近郭郑湖水域，在建筑造型、亮化工程、灯光变化，以及现代科技的运用上都堪称国内最好的内湖帆船基地，可开展众多水上项目培训，承接大型帆船赛事活动。

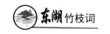

# 水上马拉松

斩浪劈波看弄涛，千人击水博酣鏖。

长湖十里由鱼贯，畔岸围观呐喊高。

注：东湖已举办了三届武汉水上马拉松比赛，从 2019 年起，这项赛事被纳入中国游泳协会常规赛事体系，成为全国性体育赛事并固定于每年 6 月第一周周日举行。

# 东湖绿道

# 概说绿道

## 一

东湖博大敞襟怀，绿道镶边共合谐。

交错纵横双百里，建成世界级名牌。

注：东湖绿道全长 101.98 公里，一期绿道全长 28.7 公里，于 2016 年 12 月 28 日正式建成开放，是国内首条城区内 5A 景区绿道，东湖绿道二期工程全长 73.28 公里，于 2017 年 12 月 28 日正式建成开放，与一期绿道无缝对接，使得东湖绿道全长突破 100 公里，形成一张环抱大东湖的绿网。

## 二

苍茫浩渺水云烟，摇翠流金玉带牵，

灵秀湖山描美景，扣环成网画图连。

注：东湖绿道串联起磨山、听涛、落雁、吹笛等景区，目前由湖中道、湖山道、磨山道、郊野道、听涛道、森林道、白马道等主题绿道组成。

# 三

代步观光车似骢，连珠驿站憩休功。

伴程网络全涵盖，智慧行游掌握中。

注：绿道沿线有近 50 座观光车站点，200 多辆电瓶游览车营运，沿途 34 个驿站和服务点，可为游客提供服务，绿道全程有网络信息服务。

# 四

换形移步赋诗吟，环绕蜿蜒远景深。

兴缮惠民功德久，东湖缎带系人心。

注：行走于绿道，可见东湖处处有景皆不相同，这项工程受到广大市民赞誉。

# 湖中道

## 一

起点梨园至磨山，湖光序曲唱雄关。

沧桑枕木铺蹊径，日照长堤杉影斑。

注：湖中道全长6公里，从梨园广场至磨山北门。途经湖光序曲、华侨城湿地公园、长堤杉影、湖心岛、鹅咏阳春等多处景观。湖光序曲（原为楚风园）有一段陈年铁路枕木栈道，显现厚重的历史感。

## 二

揽胜登高上阁楼，湖心岛上白云浮。

原为中正生辰建，今日湖光士庶游。

注：湖心岛上的"湖光阁"原名"中正亭"，1931年夏斗寅为纪念蒋介石寿辰而建。

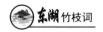

# 三

碧水沙滩拥泳场，草坪青翠沐阳光。

蓝天棕树烟凝岸，疑是置身南海旁。

注：东湖沙滩浴场在湖中道中段边，是内陆最大的海沙沙滩浴场之一，可同时容纳五千人。海沙从福建沿海运来。

# 四

鹅咏阳春曲颈歌，临湖赏景石嵯峨。

那厢浪漫爱情岛，绚丽花廊情侣多。

注：湖中道旁鹅咏阳春分为东观楚台和西爱情岛两个半岛。东边临湖景石有东临碣石以观楚台的意境。西岛设有玫瑰花廊、"同船渡"等，营造出浪漫温馨氛围的爱情岛。

# 湖山道

## 一

磨山挹翠接风光，一侧湖波一侧冈。
傍水依丘镶栈道，赏花观叶走游廊。

注：湖山道全长 20.28 公里，从磨山北门一直
到风光村，是东湖景区花卉、植物最集中的区域，
局部增设观景栈道。

## 二

霜染层林一片丹，枫多红岭晚秋看。
依形造景枯山水，绿道引人奇妙观。

注：湖山道途经枫多山，可赏枫树红叶。枫多
山依势造景，采用"枯山水"（以沙代水，以石代山）
手法，红叶景观与山林风貌相融。

## 三

广场宽阔草如茵，笑语欢声游乐人。

全景聚焦观落日，江城剪影每天新。

注：全景广场是湖山道新增景观，是东湖观赏夕阳的最佳地点之一，可看到暮色下的城市剪影。

# 听涛道

## 一

博物馆边衢道宽，梨园门口是终端。

沿湖大道幽而雅，一线串珠停步看。

注：听涛道南起湖北省博物馆，北抵梨园广场，全长9.02公里，沿途可游览听涛景区的主要景观。

# 二

青圆小岛独听涛，阁宇穿云百尺高。

屈子像雕庭傲立，东湖标志举幡旄。

注：听涛道途经屈子文化景观，其中行吟阁位于东西湖听涛轩东侧的一个圆形小岛上，阁前有屈原立像雕塑，是东湖标志性景观之一。

# 三

震临大泽乃逢源，西近二环无噪喧。

北接广场茵草簇，东湖门户牡丹园。

注：听涛道的末端有牡丹园，位于梨园广场南侧，西临武汉二环线，是进出东湖风景区的重要门户。震：东方。

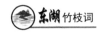

# 磨山道

## 一

迁迴水岸路蹊幽，巡绕磨山围一周。

历史陈遗今日景，人文楚韵抒乡愁。

注：磨山道全长 5.8 公里，围绕磨山展开，将
东湖水岸自然生态与磨山景点的历史人文底蕴相结
合，具有浓厚的荆楚风韵。

## 二

绿道核心分合区，四条玉带系明珠。

森林山水空间换，翠碧蓝青尽在途。

注：磨山道与湖中道、湖山道、郊野道互联，
游客可在磨山挹翠站换乘其他三道的游览车。

## 三

森林小屋树爬藤，衔接空中栈道登。
探秘寻微童趣乐，守持绿色指明灯。

注：磨山道深处的原生松林间，有一个森林小屋，三层共 15 米高，与空中栈道相连，是守护生态的瞭望哨。

# 郊野道

## 一

鹅咏阳春启步游，落霞归雁再回头。
田园童梦拾童趣，曲港听荷意境悠。

注：郊野道全长 19.96 公里，从鹅咏阳春至落霞归雁。田园童梦、稚趣园、曲港听荷皆为途经景点。

## 二

亲荷采摘听蛙鸣，鹊梦回塘鸟不惊。

雁聚渚洲飞小岛，荻芦泽畔适渔耕。

注：郊野道途经塘野蛙鸣、鹊梦回塘、荻芦泽畔等景观，野味十足，有渔耕文化的丰富想象力。其中雁聚佛脚还有一段传说：此处常聚大雁，后有狐狸吃雁，雁日渐稀少。佛遂用脚在湖中踩出小岛，狐狸再也无法上去吃雁。

## 三

滨湖湿地混交林，花海梯田逸韵吟。

万国公园遗址活，相邻绿道引人寻。

注：郊野道旁滨湖湿地是了解农耕文化、体验郊野风情的好去处。绿道开通后，使邻近的万国风情公园也焕发新生，增添了大量游客。

# 白马道

## 一

九女墩连李大湾，长堤小岛水光间。
桃花水岸玫瑰海，诗意田园宜养闲。

注：白马道从九女墩湖中道至李家大湾郊野道，全长 14.7 公里。绿道两边营造云梦泽一般的风光。桃花水岸、玫瑰花海均为途中景观。

## 二

景观驿站白马洲，毗邻高铁占鳌头。
迎宾花道风光好，游览休闲宜客流。

注：白马道的门户白马驿站邻近武汉火车站。驿站设有大型停车场，西边有迎宾花道，提供休憩停留服务。

# 森林道

## 一

青王路接喻家山，绿野仙踪老树间。

竹苑清风山后毕，丛林曲径探幽还。

注：森林道在吹笛景区，起止点是喻家山与青
王路，全长 26.22 公里。竹苑清风、山后毕是途经
景观名称。

## 二

深长绿道绕山通，慢跑轻行曲径中。

竹影炊烟香四溢，楼林丛外采郊风。

注：森林道途经毕山竹影、烧烤乐园，颇有村
野风味。

湖北省博物馆

# 湖北省博物馆

## 一

东湖西岸大门前，殿阁恢宏傲楚天。

拥泽临衢庄重立，馆陈史说万千年。

注：湖北省博物馆位于东湖西岸老大门前面。

## 二

楚台建筑轴居中，两翼舒张鼎足雄。

多组成群排品字，宽檐蓝顶与天融。

注：湖北省博物馆建筑为一主两翼，呈巨大的"品"字形布局。

## 三

灰色花岗典雅装，高台坡面引桥廊。

园林绿化添雕塑，相与东湖共益彰。

## 四

同为源远久长邦，习莫会谈观史窗。

华夏文明涵楚韵，炎黄繁衍看鸿庞。

注：2018 年 4 月 27 日，国家主席习近平在武汉会见来华进行非正式会晤的印度总理莫迪，并共同参观湖北省博物馆精品文物展。

# 五

屈家岭与石家河，出土史前陶器多。

人类进程全演化，万年新旧石头磨。

注：湖北省博物馆展出新旧石器时期的展品和以屈家岭文化、石家河文化为代表的史前陶器展品。

# 六

勾践千年宝剑锋，曾侯乙墓乐编钟。

青花四爱郧人骨，镇馆珍藏人肃恭。

注：越王勾践剑、曾侯乙编钟、郧县人头骨化石、元青花四爱图梅瓶被誉为湖北省博物馆四大"镇馆之宝"。

# 七

展陈文物历朝精，石器时期至晚清。

楚地由来文化盛，馆藏博大见分明。

注：楚文化馆作为博物馆的一翼，集中地展出
湖北地区出土的楚文物精华。

# 听涛景区

# 东湖牡丹园

## 一

自古江南无牡丹，北花南植百般难。

八年培育终成遂，园艺东湖百尺竿。

注：东湖牡丹园位于东湖梨园广场的南侧，前身是东湖花卉盆景研究所，1997 年从洛阳、甘肃等地引进牡丹试种，经数年科技攻关，2004 年大面积种植成功，改写了"自古江南无牡丹"的历史。

## 二

园林精巧挽春坊，小径通幽汉尚堂。

观瀑听花芳德远，牡丹仙子醉香廊。

注：挽春坊、汉尚堂、芳德、牡丹仙子、醉香廊均为牡丹园景观。

# 三

景石纵横雅韵长，摩崖石刻赋诗章。
三王相聚和为贵，刘白花前共醉香。

注：牡丹园内多有巨石，刻有古诗与现代赋文。
三王相聚：凤为禽中之王，狮为兽中之王，牡丹为
花中之王，狮雕、凤雕与牡丹同处。刘白：刘禹锡、
白居易的并称，二人雕像和咏牡丹诗，分列园门左
右。

# 四

满园活色正韶华，富丽雍容赛彩霞。
蕊蕴天香兰麝播，东湖自有洛阳花。

# 五

十型花样逐争开，九色花颜入眼来。

三万花株金蕊吐，一汪花海漫瑶台。

注：东湖牡丹园拥有200余种牡丹种类，共计3万多株，9大色系，10大花型。

# 六

黛紫初乌赢海棠，碧青春柳胜红妆。

东湖侧畔开奇卉，独占人间第一香。

注：初乌为黑牡丹，春柳为绿牡丹，均为珍贵品种。

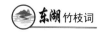

# 东湖异国风情园

## 一

湖苑博容欧陆风，移来西屋展精工。
名城小镇越洋仁，回望地球村互通。

注：东湖梨园大门进去右侧，建有异国风情园，有欧洲名城小镇著名建筑物 20 多幢。

## 二

缩微雅典堡空灵，锐顶高窗哥特型。
小径花园维也纳，于幽静处听风铃。

注：异国风情园里雅典城堡、哥特式建筑、维也纳花园等，充满欧洲情调。

# 三

一水兴波接大洋，艨冲碧浪向天昂。

战船唤作哥伦布，直待风飚再启航。

注：异国风情园内水池泊有战舰，命名"哥伦布"号。

# 东湖鲁迅广场

## 一

松柏翊环花列随，树人雕像世昭垂。

今时还看擎旗手，当以新朝解锁眉。

注：鲁迅广场在东湖西北角，立有鲁迅（周树人）半身坐像。鲁迅有诗句："横眉冷对千夫指。"

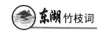

## 二

文化超人瞰景区，绿茵一片独幽隅。

襟怀开阔清波静，可蘸笔锋描美湖。

注：鲁迅像位于听涛景区西北角一处草坪中，面朝东湖。

## 三

辟出广场怀豫才，朝花夕拾四时开。

像雕傲骨精神在，游客尊崇接踵来。

注：鲁迅字豫才，《朝花夕拾》是他的著作之一。

# 东湖长天楼

## 一

翠瓦飞檐翘角昂，凌空插翼展轩廊。

雕栏玉柱方亭接，宫阙两重呈雅庄。

注：长天楼位于东湖听涛区北，1956年兴建，
是一座两层宫殿式建筑，左右有柱廊方亭。

## 二

绿盖楼庭草地宽，前临清浪接云端。

水天一色词何解？登阁凭栏放眼看。

注：长天楼前开阔，凭栏远眺，碧波万顷，欲
接蓝天，有"秋水共长天一色"景象。

# 三

窗明几净铺云斑，花影月门通后山。

庭院幽馨蕴雅致，清心品茗好休闲。

注：长天楼后面为一小院落，有花墙月门可通后山。

# 四

二十六番登此楼，毛公神采永长留。

国宾国事风云会，名载辉煌满九州。

注：毛泽东主席曾二十六次来此楼休憩或宴请国际友人。

## 五

阳春白雪诵名楼，文化品牌招客游。
周末还推音乐会，悠扬天籁比云流。

注：长天楼现在以文化交流为主，举办展览，并定期举办音乐会。

# 东湖落霞水榭

## 一

万顷清波一彩船，双层高阁榭相连。
古风典雅皇家范，石舫安澜笑水天。

注：落霞水榭在长天楼东北侧水中，钢筋水泥仿木结构。基台船形，由两个小亭和一座双层亭阁组成。

## 二

边舷船甲砌花岗,　朱格吊栏丁字廊。

九脊轻披四坡顶,　玉镌龙舞颂祺祥。

注:落霞水榭船甲由花岗岩铺面,船的头尾有双龙戏珠白石浮雕。

## 三

兀立湖边揽晚霞,　远观鹜鸟竞归家。

昔年王勃画重现,　描出齐飞落际涯。

注:在落霞水榭观夕阳西下,湖上水鸟竞飞,大有王勃名句"落霞与孤鹜齐飞"之意境。

## 四

明镜花窗石舫平，蓝天碧水淡烟生。

流连寥寂吟唐句：野渡无人舟自横。

注：唐朝诗人韦应物诗曰：独怜幽草涧边生，上有黄鹂深树鸣。春潮带雨晚来急，野渡无人舟自横。落霞水榭似有此意境。

## 五

通航直达磨山游，水榭多能作码头。

犹胜颐和园石舫，候船又赏望湖楼。

注：落霞水榭既是游览景点，又是游船码头，游船直达东湖东岸磨山。

# 东湖雪梨轩

## 一

隅道通幽古木园，树丛掩映雪梨轩。

垂枝缥瓦同青翠，独处丘林避噪喧。

注：东湖梨园西部小丘上有雪梨轩，独处幽静一角。

## 二

梨树成林拱凤台，春寒自赏白花开。

浑犹残雪同高洁，清冷轩亭无积埃。

# 梨园健康步道

## 一

起端水榭石桥前，终与梨园仟吉连。
梓木铺成千步路，健康步道绕湖边。

注：东湖梨园沿湖铺就木条栈道，从落霞水榭起，至梨园仟吉店止，约有千步之遥。

## 二

池杉夹道荫中幽，近处芳茵远处丘。
傍水听涛怡目过，游心未了鹿回头。

注：健康步道终点有鹿回头石雕，似有恋栈道之情。

# 三

头顶青青一线天，开怀甩手步奔前。

长排仪仗千株树，风展翠枝迎凯旋。

注：步道一米多宽，两边池杉耸立，枝叶紧连，头顶只见一线天。

# 碧潭观鱼

## 一

九曲迂迴白石桥，六方亭榭比宫寮。

一湾碧水和风拂，百样金鱼尾摆摇。

注：碧潭观鱼景点是在湖中建立起九曲石桥和六座亭榭。

## 二

园林建筑楚池风，瑶榭亭台廊互通。
倒映游人桥上走，恰成漫步水晶宫。

注：碧潭观鱼的九曲桥与呈品字布局的亭榭，
体现了古代楚国喜好临水筑榭的建筑特色。

## 三

泡眼狮头鹅顶红，红高头赛墨龙雄。
翻飞锦鲤千姿雅，七色斑斓动画中。

注：水泡眼、狮头、鹅顶红、红高头、墨龙，
均为金鱼珍贵品种。

## 四

趣看潜鳞戏水中，逗鱼投食笑儿童。
忽而一阵清风起，垂柳摇枝见钓翁。

# 东湖濒湖画廊

## 一

隆起临波三角洲，长廊折曲绕林丘。
自然人造相融合，揽入画图皆坐收。

注：濒湖画廊坐落在行吟阁北边扇形三角洲上，依地势而建。因建筑与环境巧妙结合，可收美景入廊，故名。

## 二

两翼柱廊连角亭，居中方阁敞鸾庭。
半圆半拱依山势，奇巧长轩画扇形。

注：濒湖画廊两侧依山势错落而下，呈半拱形，并向后弯斜似半圆形，整个建筑平面呈扇形。

## 三

锦绣长廊似扇摇，摇风摇水摆枝条。
繁花玉树流苏坠，扇柄原为落羽桥。

注：落羽桥与濒湖画廊相连，恰似巨扇的扇柄。

## 四

曲槛迴亭绿顶披，休闲看景演琴棋。
无边春色丹青手，画里游人迷醉痴。

## 五

廊首南边一圃坛，虬枝干曲似龙盘。
百年古树重阳木，遒劲青苍花叶繁。

注：在濒湖画廊南侧有一花坛，坛内有一株大
型垂枝重阳木，此树为百年古树，全国罕见，其枝
干如游龙盘旋。

# 象雕

廊前大象石精雕，憨态如真耳似摇。

荣耀当年风彩甚，名牌烟盒作商标。

注：大象石雕在濒湖画廊前面临湖处，二十世纪六七十年代，畅销市场的东湖牌香烟的包装盒上就以东湖大象为商标图案。

# 东湖行吟阁

## 一

青圆小岛独听涛，阁宇穿云百尺高。

屈子雕像庭傲立，东湖标志举幡旄。

注：行吟阁始建于1956年，位于东湖听涛轩东侧的一个圆形小岛上，阁前有屈原立像，是东湖标志性景点之一。

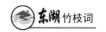

## 二

方形四角阁三层，玉柱瑶窗紫霭腾。

扬首端详镏金匾，郭公题额志宣弘。

注：行吟阁阁名取自屈原《楚辞·渔父》中"行吟湖畔"，行吟阁三字为郭沫若题写。

## 三

阁上驰眸眺四方，东边浩渺闪湖光。

南连葱郁林幽地，西北辍珠荷盖塘。

# 四

泽畔行吟今古传，忧民忧国笃诚坚。

诚如叶帅留诗句，一读骚经一肃然。

注：叶剑英1979年4月游览东湖行吟阁后有题诗："泽畔行吟放屈原，为伊太息有婵娟。行廉志洁泥无滓，一读骚经一肃然。"

# 五

气势卓然高峻孤，峨冠博带系江湖。

屈原翘首朝天问，求索修长苦在途。

注：屈原著有《天问》长诗，是其代表作之一。"求索"则出自屈原《离骚》。

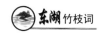

## 六

清癯忧愤结愁眉，凝重端庄阔步移。
奋袂气吞江汉水，东湖惋惜汨罗悲。

## 七

屈子辞章世代崇，楚声文化起昌隆。
标牌啤酒行吟阁，也借盛名且走红。

注：武汉产行吟阁啤酒是汉货精品，曾经风行
荆楚大地。

# 屈原纪念馆

## 一

前倚长廊后筑楼，厅堂恢廓踞梧丘。

白墙绿顶朱门牖，六十年前悉意修。

注：屈原纪念馆位于濒湖画廊后面山丘，建于
1958 年。

## 二

木樨夹道蕊飘香，屈子生平展两旁。

二鼎铜浇三足立，半身雕像路中央。

注：通往屈原纪念馆的通道两侧桂树夹道，两
边橱窗展出屈原的生平和作品介绍，馆前有两只大
铜鼎和屈原雕像。

## 三

董老挥毫题馆名，癯容铜像隐忧情。
壁悬日月争光匾，文物精华说屈平。

注：纪念馆为董必武题名，展厅正中有屈原铜像，上方挂有"日月争光"（司马迁语）横额。

# 先月亭

## 一

老鼠尾巴孤岛长，三方环水一堤梁。
幽林丰草雅亭立，近水楼台满月光。

注：先月亭建在东湖"老鼠尾"的小岛上，以宋代苏麟"近水楼台先得月"诗意命名。

## 二

柱红瓦碧翠如蓝，玉壁圆窗周易含。

八角重檐攒宝顶，舒张羽翼向云骖。

注：先月亭建于 1950 年，钢筋水泥仿木石结构，高约 10 米，八角双层攒尖顶，白墙碧瓦，绿树掩映，显得古朴雅致。先月亭周壁开有圆窗，蕴含周易八卦之意。

## 三

碧水琼楼绿岛浮，重檐翘起赛飞舟。

瑶池银汉何分野，皓月当空作导游。

# 四

亭立湖心五彩亭，浮光沉璧映云汀。

清风拨弄摇波曲，赏月观涛嗅播馨。

注：先月亭上观景，每当皓月悬空，银光如泻，天上明月与湖中月影相映，清风吹动水波，如拨琴弦。

# 苍柏园

## 一

高阜参天古木珍，一坪开阔草如茵。

海光农圃旧时地，纪念周公启后人。

注：苍柏园是解放后为纪念爱国民主人士、实业家周苍柏先生所建。

## 二

一绕桂樟千瓣香，一轩错落竹摇墙。

一亭卓立竖苍柏，一座铜雕两代庄。

注：苍柏园内为可竹轩、苍柏亭、周苍柏携子女三人雕像。

## 三

东湖之父义商家，购得湖滨买畔涯。

孤苦经营名胜地，无偿捐赠奉新华。

注：1929 年始，周苍柏开始在东湖边购置小块荒地，逐渐连成大片。1930 年，周苍柏创设"海光农圃"，已成东湖西岸大片土地的主人，并建设濒湖景地。1949 年，周苍柏将海光农圃捐赠给新中国，奠定今日东湖风景区的雏形，因而人称"东湖之父"。

# 四

七株古树碧森森，栽下当年孝子心。

萱室坟茔迁异处，遗留周母桂花林。

注：二十世纪三十年代，周苍柏葬母东湖边，并亲手种植一圈七棵桂花树，之后周母墓迁。现桂花树圆圈成形，树冠融为一体，称为周母桂花林。

# 五

春到东湖塑像真，父携子女伫三人。

当年照片还原铸，栩栩如生见逸神。

注：苍柏园内铜质雕塑题为"春到东湖"，是根据1937年周苍柏和儿子周德佑、女儿周小燕在东湖所拍照片创作。

# 六

炎黄华胄脉相承，周氏传家义一仍。

赤子忠心周德佑，献身报国敞胸膺。

注：抗日战争期间，周苍柏的次子周德佑毅然投身抗战演剧团进发晋陕地区，牺牲时年仅 18 岁。

# 七

狻猊举起石雕牌，苍翠幽深拥砌阶。

拾级而行抬眼看，豁然开朗敞胸怀。

注：苍柏园园门为一对狻猊托起石雕牌坊。

# 八

海光农圃指郊畦，疑海听涛在岸西。

一座牌坊双面字，俱为周父韵宣题。

注：苍柏园外立有一牌坊，一面刻有"海光农圃"
字样，一面刻有"疑海听涛"字样，均为周苍柏父
亲实业家周韵宣题写。

# 东湖女儿

周家后代发新枝，灵秀东湖一女儿。

中国之莺周小燕，长城谣唱爱华词。

注：周苍柏的女儿周小燕，人称东湖女儿，是
中国著名花腔女歌唱家、声乐教育家。抗战期间，
首唱《长城谣》，激励无数抗战志士。

# 可竹轩

## 一

南接高坪品寓言，丛篁簇拥隐亭轩。

借名苏轼抒诗意，古色古香风雅园。

注：可竹轩位于先月亭北侧寓言园高阜上，与苍柏园相邻，以苏东坡"宁可食无肉，不可居无竹"的诗意而取名。

## 二（通韵）

苍柏元功小燕才，东湖繁荫硕贤栽。

雅然轩阁开专室，展出留存寄缅怀。

注：可竹轩内设周苍柏纪念室，保持海光农圃的晚清民初建筑风格，纪念爱国人士周苍柏及家人对东湖做出的伟大贡献。

# 三

素墙绿瓦户扉红，九脊攒尖顶不同。

阁舍厅堂精巧布，院庭宽敞过堂风。

注：可竹轩院内厅、堂、廊、亭，或九脊顶，
或攒尖顶，流金飞碧，造型各异，布局精致。

# 四

亭台错落绮窗明，曲折回廊缓步行。

修竹千竿摇倩影，临风瑟瑟听吟声。

注：可竹轩院后，竹林簇拥丛聚，临风摇曳，
颇有意境。

# 陶铸楼

## 一

别墅群中一旧楼，灰墙青瓦自清幽。

历经雪雨华颜褪，朴素依然风格尤。

注：陶铸楼在湖滨客舍中间，是一座灰砖两层小楼。二十世纪五十年代，陶铸住在这里。几十年后，小楼风格布局仍保持原状。

## 二

陶铸当年督在湖，牵头建委启鸿图。

雄心已遂留名胜，有景小楼身不孤。

注：解放初期，陶铸任中南军区政治部主任兼东湖建设委员会主任，领导东湖的规划与建设，到1959年，基本完成了规划中的大部分景区建设。

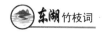

# 九女墩

## 一

位处东湖西北坡，山峦草浅树婆娑。

花岗红石雄碑立，讴唱人间浩气歌。

注：九女墩在东湖西北岸的一座小山上，为纪念参加太平军起义牺牲的九位女兵而立。

## 二

芳草圜丘桂树芊，无名忠骨伴湖眠。

当年冢墓称墩子，为避清军躲祸愆。

注：九女墩纪念碑后墓地葬着九名太平军女兵，为免遭清兵破坏，人们特意将坟墓称为墩。

# 三

高碑华顶挂银铃，犹似疆场战未停。

不屈精神求解放，肃然可泣可歌亭。

注：九女墩碑顶悬挂银铃，风振铃鸣，颇有当年女兵鏖战疆场的意境。石碑邻近处，建有一座"可歌亭"。

# 四

双清楼主写碑名，董老撰文书挚情。

郭宋何张皆撰字，深沉厚重颂精英。

注：双清楼主即何香凝，题写碑名，董必武撰写碑文。郭沫若、宋庆龄、何香凝、张难先等题写诗文。

# 五

海棠荷菊杜鹃丛，梨桂梅桃月季葱。
九女英灵从幻化，东湖遍洒女儿红。

注：当年埋葬九女后，在坟墓四周长出上述九
种花卉，乡民认为是九位女烈士显灵，幻化而成。
这九种花卉已在东湖四周扎根开花。

# 梨园

## 一

交错高低岸线长，景观因地织华章。
亭台楼阁遥相对，果木横枝梨树庄。

注：梨园在东湖西北岸，为东湖风景区主要园
林之一。

## 二

姹紫嫣红簇锦团，坡林雕鹿有奇观。

笑声盈耳漾湖面，彩帐连营驻草滩。

注：梨园山坡的麋鹿雕塑形象有趣。湖边草滩上常有游人支起帐篷小憩。

## 三

十里长屏叹景观，一湖碧水接云端。

万株奇树参天立，四季繁花赏不完。

注：梨园以秀丽的江南风光和源远流长的屈子文化而闻名。景区内树种繁多，四季景色美不胜收。

## 四

深长绿道接幽庭，对岸滩头见雅亭。
滨水平台连湿地，白帆远影入山青。

## 五

岁岁梨园摆赛场，邀来帝女竞娥妆。
后来居上东湖卉，雏菊还超老菊香。

注：梨园每年都摆菊展，招来各地名菊参展。

## 六

宽阔广场坪野葱，妙音伴舞乐融融。
江城士庶休闲地，游客齐称缮治功。

# 握手雕塑

圆锥底座净瓶基，两掌相加联谊碑。

武汉清州双手握，修诚书写友朋诗。

注：握手雕塑为纪念中国武汉市和韩国清州市缔结友好城市五周年而建。两城结好时间是 2000 年 10 月 29 日。

# 和平龙雕塑

池杉密簇柱如松，托起祥云中国龙。

悠久平和金字刻，无言雕刻胜洪钟。

注：东湖大门东南角有"和平龙纪念碑"，碑的顶端龙身刻有"悠久平和"四字，碑身刻有"和平龙"三字，为时任武汉市领导的邓垦题写。

# 小梅岭

## 一

大门右首小山丘，碧树千株拥翠幽。

铁干虬枝蟠蜿舞，林风烟满暗香浮。

注：小梅岭是东湖栽种梅树最早的地方，为了把这里和毛泽东居住的东湖梅岭区别开来，故称小梅岭。

## 二

立园初始置梅来，苍柏当年亲手栽。

代有扩增林蕴蔚，满山艳蕾竞相开。

注：20世纪30年代，海光农圃的主人周苍柏亲手在小梅岭种植了许多梅树。

# 三

疏枝绿萼笑寒风，玉骨芳心铁梗红。
吐艳送春犹秀色，粉台阁树赛丹枫。

注：绿萼、铁梗红、送春、粉台阁，都是珍贵梅花品种。

# 东湖大门

## 一

花圃缤纷五彩颜，迎眸刻石卧丛间。
东湖揽胜字如斗，朴老题书凤舞还。

注：东湖大门迎面一块巨石，上有朴老(赵朴初)题字："东湖揽胜"。

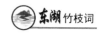

## 二

牌楼耸峙石墩栽，碧瓦檐牙翼展开。
园外衢连天下路，笑迎客自远方来。

## 听涛轩

### 一

听涛区域景中央，隆起青葱一道冈。
仿古依山骑岭建，亭延百尺景观廊。

注：听涛轩建于 1958 年，位于听涛景区中部临湖的狭长山丘上，为长廊式建筑。

# 二

长廊带翠隐林丘，形若苍龙绿海游。

扫北一端才摆尾，朝东彩阁又偏头。

注：听涛轩长廊左端向前稍拐，右端向后略斜，似苍龙摇头摆尾。

# 三

廊深三丈室纾宽，别致雕花石护栏。

立柱安磐擎宝盖，琉璃翠顶凤头冠。

注：听涛轩周围以 40 根立柱支架，兼置花孔围栏。廊顶琉璃闪烁，廊内宽敞整洁，清幽雅静。

# 四

高踞临湖气宇昂，四边通达放眸量。
磨山水面浮琼岛，足下层波万道光。

注：听涛轩四边通达，可容百人小坐。

# 松坡

砌成绝壁削崖生，大写松坡二字精。
凤舞龙飞居士笔，移来此处引诗情。

注：听涛轩临湖石砌的护壁上，镶嵌着苏东坡
手书的"松坡"二字。

# 亚洲棋院

## 一

听涛轩接望湖楼，棋院驰名贯亚洲。

四海邀宾开弈局，纹枰启智得贞修。

注：亚洲棋院与听涛轩相连，集围棋文化与酒店文化于一体，承接国内外围棋比赛活动。

## 二

华房观景雅宾居，文化驿庭盈壁书。

主席曾经留足迹，诗题又食武昌鱼。

注：亚洲棋院前身为听涛酒家，毛主席曾亲临此楼，写下"才饮长沙水，又食武昌鱼"的诗句。

# 水云乡

## 一

前临大泽后围塘，坐拥莲池赏碧芳。

落地玻璃通透览，江南建筑水云乡。

注：水云乡与东湖大门隔湖相望，是一座江南民居风格的建筑。

## 二

上下两层精致楼，东湖鄂菜展珍馐。

江城宴会排前列，美食湖光一席收。

注：水云乡两层楼均采用透明落地玻璃，前后与湖泊相映照，酒店与户外形成通透的观赏视野。

# 沧浪亭

## 一

一字长亭近水边，中间突出半成圆。

陈墙斑驳韵风在，历尽风霜六十年。

注：沧浪亭在东湖西岸水边，建于 1958 年，前有一拱出的半圆形凉亭，后为依岸"一"字形长亭。

## 二

朱檐灰瓦石墩支，开敞周围褐石墀。

隶字题名乌匾额，古风素雅独幽姿。

## 三

屈子文辞世代传，沧浪之水濯通贤。

分明清浊洗头脚，处世为人至理篇。

注：沧浪亭名取自屈原《楚辞·渔父》："沧浪之水清兮，可以濯吾缨；沧浪之水浊兮，可以濯吾足。"

# 落羽桥

## 一

雕栏三孔素屏桥，岛渚连通束细腰。

石拱精工描偃月，画廊吟阁两头挑。

注：落羽桥是连接濒湖画廊和行吟阁的必经之桥。

# 二

贡礼携鹅缅伯高，失飞抖下几根毫。

至今落羽成佳话，千里情深送羽毛。

注：据传，唐朝时，回纥特使缅伯高特意挑选一只白天鹅向唐太宗李世民进贡，途经东湖捧水解渴，天鹅见水飞走，急切中只抓得几根鹅毛。乃送太宗，太宗赞曰：千里送鹅毛，礼轻情义重。因此后人在此修建了"落羽桥"。

# 荷风桥

衔接大湖通内湖，听涛观景必经途。

虹连南北成全幅，入夏荷风拂画图。

注：荷风桥位于行吟阁与亚洲棋院之间，是郭郑湖和内湖相连必过的石拱桥。

# 听涛观景平台

平台百丈砥涛中，白玉栏杆雕细工。

看景何须高处望，眼前开阔大观雄。

注：听涛观景平台是长天楼通往濒湖画廊的湖中平台。

# 听涛泳场

## 一

浪静风平选一方，浮标划线栈桥长。

清波裁取万平米，还水于民设泳场。

注：东湖听涛泳场位于东湖听涛景区海光农圃沿岸水域（湖滨客舍旁），面积近万平方米，可同时容纳1000多人在此游泳。

## 二

日炙楼林斗室烘，江城夏季炽炎中。

东湖游泳冲凉去，自在逍遥搏浪峰。

注：听涛泳场是武汉市民夏日冲凉的热门地方。

## 三

嬉戏欢声逐浪高，举家腾跃踏层涛。

浮亭瞭望还观景，保驾护游巡快舸。

注：听涛泳场配有救生员，设有安全防护网，以及救生员观察亭，救生船、救生圈、救生杆、急救室等设施一应俱全。

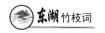

# 雁归桥

## 一

一桥横卧两湖间，跃起长龙通水关。
拱涌廿三波伏线，南飞大雁恋回还。

注：雁归桥位于东湖的内湖郭郑湖与汤菱湖交界的长堤中段，为东湖最长最大的景桥，长186.88米，宽8.5米，由23个桥拱构成波伏线，俗称二十三孔桥，每年有大雁来此栖息过冬。

## 二

十里长堤衔玉虹，飞云鼓荡一桥风。
中枢画轴徐徐展，挑起湖山畅九鸿。

注：雁归桥在东湖曲堤中间，连通东湖两边，是重要的通道中枢。

# 东湖寓言雕塑园

# 曾子不说谎

## 一

仲尼高足数曾参，诚信一言如百金。

为父教儿无诳语，践言屠豕慰童心。

注：东湖寓言雕塑园位于听涛景区。曾子即曾参，孔子的学生。曾子为了兑现妻子哄儿子时说的"杀猪炖肉吃"，就果真杀了自家的猪。雕塑再现曾子身传言教守诚信的品质。

## 二

丈夫握匕向豚来，妻子推拦悔哄孩。

曾子释言诚信事，以身作则筑高台。

注：曾参杀猪时妻子阻拦，曾参说为父母者在孩子面前要树立诚信榜样，坚持杀猪，以示说话算数。

# 掩耳盗铃

## 一

遭难空余范氏钟，觊觎贵器贼寻踪。

不堪负重抡锤砸，恐众闻声自耳封。

注：春秋晋国内战，卿大夫范吉射逃难。有贼偷范家大钟，钟大不可负，以锤砸之，声响洪亮，贼恐人闻之，遽掩两耳，以为别人也听不见，结果被擒。

## 二

大钟夸诱重如磐，小贼身微倍犯难。

惊愕闻声双耳捂，自欺怎可把人瞒。

注：掩耳盗铃雕塑运用夸张手法，人比钟小。

# 东郭先生与狼

## 一

瞠目腐儒张布囊，背毛竖立恶瘸狼。
毛驴回首四张望，演绎恩仇生死场。

注：雕塑中三个角色，东郭先生、狼、毛驴各
有其特点。

## 二

东郭先生枉读书，是非不辨令人嘘。
中山狼恶无仁义，亏得农夫用智除。

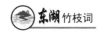 

# 射手和卖油郎

## 一

射手居高气势扬，俯看炫技卖油郎。

注油如线穿钱过，方识能人强上强。

注：雕塑以射手的倨傲神情，反衬卖油郎倒油穿钱孔的熟练自如。

## 二

箭无虚发炫神功，钱孔穿油技亦同。

百业魁人常苦练，熟能生巧理皆通。

# 愚公移山

## 一

摩崖高浅刻浮雕，气势恢宏巨幅条。
唤起子孙同德干，愚公矍铄皓髯飘。

注：愚公移山浮雕长40米，宽6米。采用摩崖、高低浮雕相结合的手法用草青石雕刻而成。

## 二

智叟庸愚寸目光，愚公睿智远心长。
知难而进精神播，壮举移山感上苍。

# 叶公好龙

## 一

活龙活现尾回盘，仰面叶公惊失冠。

刻画云螭鳞甲细，爪前人物缩成团。

注：该雕塑运用对比手法，细致地刻画龙的形象，而人物作抽象变形处理。

## 二

腾龙下界本求真，惊煞凡间两面人。

莫学叶公心口悖，寓言虽古至今新。

# 庖丁解牛

## 一

曲背束襟包帕头，宽袍博带塑王侯。

盎然兴致如听政，侃侃庖丁说解牛。

注：庖丁曲背弯腰，显然是多年的宰牛熟手；一旁的梁惠王则如听臣子说政，听得津津有味。

## 二

眼里全牛是骨膏，贯微动密走游刀。

条分缕析心须细，运用自如何枉劳。

# 自相矛盾

## 一

贾人束帕自昂头，双臂张扬嘴不休。

自演操兵矛戳盾，难圆其说脸含羞。

注：该雕塑以商人一手举矛戳击另一手上的盾，一脸尴尬。

## 二

世间矛盾本为基，偏执一端难合宜。

行事言谈求理顺，过头大话要三思。

# 螳螂挡车

## 一

坡上巨轮正下岗，指头大小蹦螳螂。

微肱奋举往前挡，可笑蠢愚犹自狂。

注：雕塑以小小螳螂力图挡住斜石上一硕大车轮下冲之势，反映自不量力的徒劳、愚蠢。

## 二

怒海行舟顺者昌，挡车螳臂致销亡。

权衡彼此知情势，量力而为不逞强。

# 猎人争雁

## 一

徒握箭头弓不张，如何烹煮费思量。

论争未止雁飞走，猎手弟兄空杳茫。

注：石雕两个猎手，还未拈弓搭箭，尚在为射到大雁后如何烹制而争论，无视大雁早已飞走。

## 二

本末不能颠失伦，空谈误国理言真。

由来天下纵横事，机会唯予有备人。

# 磨山景区

# 概说磨山

## 一

三面临湖濯碧涟，六峰兀立麓坡牵。

东头秀岭圆如磨，山水相依半岛妍。

注：东湖磨山景区位于东湖东岸，三面环水，六峰相连，犹如一座美丽的半岛。因其主峰形如圆磨，故名磨山。

## 二

水秀山青览景光，园中园圃沁花香。

丰嘉绿库珠林翠，故国风情看市坊。

注：秀丽的山水、丰富的植物、别致的园中园和浓郁的楚风情是磨山的四大特点。充足的雨量与光照，使这里各种观赏树种达250多种，共200余万株，在武汉有"绿色的宝库"之誉。

# 三

十里长湖八里山，岛洲一体绕湖湾。
天然人造谋篇巧，阁榭楼台曲线环。

注：东湖磨山位于东湖东岸，山水相依，素有"十里长湖，八里磨山"之称，风景极佳。

# 四

植物十三专类园，夏荷秋桂应时繁。
梅红鹃艳山茶媚，百卉盛开看迭番。

注：磨山山南有以湖水地区乡土植物为主的十三个植物专类园。

# 五

自强不息壮心争，八百春秋楚国程。
璀灿星河看起落，中华裔胄缔文明。

注：磨山楚文化游览区展现了古楚国八百年形成的深厚楚文化。

# 楚城门

## 一

凤阙望楼飘楚旌，红墙古朴堞峥嵘。

依山傍水巍然立，再现雄风筑郢城。

注：楚城门是东湖磨山楚文化游览区的入口处，系仿照郢都纪南城建造。

## 二

鲜明楚建展雄浑，城邑分开水陆门。

箭垛烟墩无烽火，双楼对峙守天阍。

注：楚城门汇集了楚都纪南城的水门、陆门和楚长城烽火台的特点，陆门望楼为阙，门洞按纪南城考古实测尺寸建造。

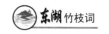

# 楚天台

## 一

气凌宵汉楚天台，跃上青峰紫殿开。

数百台阶沿级上，三休乃至景观来。

注：楚天台是磨山楚文化游览区的标志性建
筑，耸立在磨山第二主峰，高36米，有345级台阶，
三休：指要休息三次才能上去。

## 二

媲美章华仿楚宫，鲁班再世显神工。

五层外表六层里，双凤朝阳嵌壁中。

注：楚天台仿楚离宫章华台形制，外五内六层，
正面墙镶有六百多块大理石拼成的双凤朝阳图案，
其建筑曾获"鲁班奖"。

# 三

丹墀阶下立徽标，铜锡千钧火鸟雕。

楚地图腾崇赤凤，禽王脚踏兽王骄。


注：凤是楚国先民的图腾。楚天台前立有凤标，净高 7.2 米，用青铜（铜锡合金）15 吨铸造，双凤站在百兽之王老虎背上，威猛而华美。


# 四

楚风文物古时留，楚调编钟乐舞悠。

楚韵春江花月夜，楚情洋溢满华楼。


注：楚天台内有荆楚文物、工艺品、楚国名人蜡像展，还有编钟乐舞演出。

# 楚市

## 一

商号熙隆楚市街，石条曲径古楼牌。

黄墙黑瓦红门柱，吊脚楼坊买卖谐。

注：楚市长约 200 米，街市错落，黄墙黑瓦，红漆门柱，青石小道吊脚楼，一派楚地风貌。

## 二

漆器编钟刺绣工，丝绸竹木小青铜。

本邦特艺精心作，满目琳琅闻楚风。

注：楚市以经营仿楚特色工艺品为主，有编钟、漆器、奇石、刺绣等工艺品，还有仿楚特色照相，供应具有荆楚特色的食宴。

# 祝融观象雕塑

## 一

烈焰腾腾火祝融，脚乘日月授时功。

楚民崇拜炎君帝，点火烧荒五谷丰。

注：雕像表现出祝融在熊熊烈火中，脚踩日月。有楚史专家论证祝融的职责：一是观象授时；二是点火烧荒；三是守燎祭天。

## 二

左举星图斗柄纹，右持龟甲测风云。

举头鼓腹三头凤，始祖传人楚集群。

注：祝融左手持二十八星宿图纹斗柄，右手持甲骨文字，双目仰瞻，似在观星，背面作三头凤造型。

# 三

九级阶堳寓九天，祝融矗立紫台巅。

四方各拥七星座，楚裔由来尚祖先。

注：整座雕像由生铁铸成，重5.6吨，底座高1.5米，雕像高5米。九级圆形台阶象征九重天，周围石栏有28个石墩，寓意二十八星宿，分别为东、南、西、北各七宿。

# 编钟石门

石梁白柱挂编钟，惟楚有材金篆雍。

门阈招牌兼两用，迎来客览楚真容。

注：楚才园挺立着一座编钟式的门楼，编钟门是按照曾侯乙墓出土的编钟及钟架加以改进设计的。在石柱束腰处和两层横梁的末端都饰以铜箍，两层横梁都悬挂编钟，下层四口楚式巨钟各铸有一个字，合起来是"惟楚有材"四字，这种构思，门和招牌兼得。

# 鬻熊雕塑

坚岩头像气犹昂，天目含弘智慧光。

楚祖鬻熊谋一域，奠基王业始开疆。

注：鬻熊，商末楚族首领，史称楚祖。在东湖磨山楚才园，有一尊楚祖鬻熊雕塑：一个7米高的巨大头颅伫立于密林之中，鬻熊额头上的"天眼"象征智慧。楚祖鬻熊建造于1994年，为国内唯一表现鬻熊的公共雕塑。

# 庄王出征

英武庄王再出征，奋蹄驷马悍云生。

单车冲阵威风凛，束羽三年搏一鸣。

注：庄王出征的巨型铜雕，展现楚庄王在楚晋之战驷马战车冲阵的雄姿。楚庄王作为春秋五霸的霸主之一，留下一鸣惊人、问鼎中原等历史故事。

# 南国哲思园

磨山北麓立丰碑，雕塑先贤颂哲思。

诸子百家兵法道，老庄诸圣展英姿。

注：南国哲思园是一座雕塑园，位于磨山南麓。雕塑群以老庄为代表，兼及诸贤，展现春秋战国时期对楚国思想形成和发展产生重大影响的诸子百家。

# 人擎华盖灯柱

五丈高巍托智灯，擎天一柱刻图腾。

楚人先哲多明慧，光耀神州灼灼兴。

注：哲思园内"人擎华盖灯柱"高15米，其上青铜灯2.25米，柱身镂雕楚人图腾。此柱象征楚人先哲思想智慧如灯光长明。

# 刘备郊天坛

## 一

台筑磨山东一峰，四阿影壁字如龙。

祭坛神道平台广，再现威仪祀典容。

注：刘备郊天坛位于磨山东一峰，东汉建安十三年，也就是公元208年建，2003年重修。郊天坛的入口是一面仿汉四阿顶影壁，正面有汉隶碑刻的"刘备郊天坛"五个大字，影壁背面为华中师范大学王玉德教授的"郊天坛题记"，讲述了郊天坛的历史、环境及重建情况。郊天坛由文化平台、神道和祭坛三部分组成。

## 二

谒见祭台三圣祠，刘关张像塑英姿。

桃园结拜留佳话，甘苦相携不弃离。

注：郊天坛下设"三圣祠"文化展室，供奉刘备、关羽和张飞的塑像以及三国文化展品。

# 三

刘备祈禳问未来，东山头顶搭高台。

祭天只作郊天说，皇叔原为避论裁。

注：刘备祭天的时候只是一个诸侯。按照祖制，诸侯不能直接祭天，只能祭地。刘备祭天是违制之举。为了既祭天，又合法，刘备将此举命名为郊天，也就是乡野祭祀之意。

# 四

话说祭天刘备诚，逢凶化吉瑞云生。

周郎巧计留贻笑，赔了夫人又折兵。

注：传说刘备夫人亡故，周瑜献计孙权许诺以妹为嫁，想把刘备诱到东吴除掉。在诸葛亮的谋划下，刘备将计就计，乘船南下。船至武昌，刘备弃船登山。不料，忽然一阵怪风，吹得刘备马失前蹄。刘备大惊，攀上山顶，在东山头搭台祭天。仪式过后，天空转晴。刘备至东吴，吴国太后悦之，逼迫孙权将妹妹嫁给他。此乃"周郎巧计安天下，赔了夫人又折兵"的故事。刘备后来常称，多亏在磨山设台祭天，回蜀时特地和新娶的孙夫人绕道来磨山拜谢神灵。

# 五

方形底座祭坛圆，古树荫茏玄德泉。

三国遗图三石画，香炉祈福袅生烟。


注：郊天坛祭台上为圆形祭坛，下为方形台座，以应天圆地方之说。平台左侧有玄德泉，传说刘备祭天时曾在此放生。玄德泉边有棵古树，是二类保护植物活化石对结白蜡。平台右侧石壁上，刻着东湖三国遗迹图，还有三幅线刻石画，讲述刘备郊天的起因。文化平台有一个巨大的铸铁香炉，供敬天祈福之用。


# 朱碑亭

## 一

二层四角撮尖亭，绿瓦单檐郭字铭。

圆柱形红环列拱，花房兰草播芳馨。


注：朱碑亭题名为郭沫若，旁边兰草室里摆放着朱老总生前最爱的各种兰花。

二

挺拔高瞻立伟人，当年题字寄情真。

蓝图今日如心愿，笑对东湖景色新。

注: 1954 年 3 月，朱德委员长游东湖时欣然题词:"东湖暂让西湖好，今后将比西湖强"，勉励东湖与西湖比美。1982 年，东湖在磨山第一峰建成朱碑亭，以示纪念。2004 年，又在亭前建成一个高 3 米的朱德全身铜像，增加了著名学者陈望衡为朱碑亭题写的"朱碑亭记"。

三

亭前碑石刻雄文，铁画银钩风卷云。

厚望谆谆犹在耳，朱碑耸翠纪元勋。

注: 朱德题词刻在亭前一块巨石上。

# 磨山摩崖石刻

## 一

翠青簇拥赭云崖，镌刻袁诗记骋怀。

石壁连垣丹字照，湖光山色总相谐。

注：摩崖石刻高 8 米，宽 10 米，上面刻有南宋中期文人袁说友所作《游武昌东湖》诗，根据这首诗可以考证，东湖的游览史可推前到南宋，距今已有八百多年的历史。

## 二

八百年前摹美图，袁诗潇洒说东湖。

渔舟烟浪看飞雁，敢笑钱塘倚帝都。

注：南宋袁说友，官至参知政事，东湖摩崖刻其诗《游武昌东湖》："只说西湖在帝都，武昌新又说东湖。一围烟浪六十里，几队寒鸥千百雏。野木迢迢遮去雁，渔舟点点映飞乌。如何不作钱塘景，要与江城作画图。"

# 烟浪亭

崖刻意涵烟浪亭，翘檐尖角四方形。
袁诗意境无言说，观景凭栏识画屏。

注：烟浪亭亭名取自南宋袁说友《游武昌东湖》诗的意境。

# 离骚碑

一

南倚磨山红石帷，离骚巨制树丰碑。
臻微入妙雄浑劲，镌刻临摹署咏芝。

注：离骚碑在磨山北麓，碑文字体选用毛泽东同志1913年在湖南第一师范学校读书时手抄的《离骚》全诗摹刻，字体遒劲隽逸，署名是"咏芝"。

# 二

求学时期毛泽东，推崇先哲屈原公。

早年字号谐音用，抄录离骚楷体工。

注： 1913年春，年仅20岁的毛泽东在湖南省
立第四师范学校(1914年2月与第一师范合并)求学，
当时他的笔名是"咏芝"，使用"润之"作笔名是
后来的事情。

# 三

贞碑伟岸世间稀，纪泰山铭相比微。

天下名篇天下笔，诗书两绝放光辉。

注：离骚碑用红色岩石砌成，碑高14.8米，底
座宽17米，它是我国目前最大的碑刻之一，比号称
"天下第一碑"的唐玄宗《记泰山铭》还高1.3米，
宽3米。

# 四

早年楷书练颜筋，中继行书柳骨文。

狂草汪洋龙凤舞，自成毛体扫千军。

注：毛主席的书法到后来形成挥洒狂放的"毛体"，为世人所敬仰。

# 东湖梅园

## 一

梅园四座响中华，武汉磨山称首家。

科研培优基地选，缤纷五彩育名花。

注：东湖磨山梅园为中国四大梅园（无锡梅园，上海淀山湖梅园，东湖梅园，南京梅花山梅园）之一，既是中国梅花研究中心所在地、中国梅文化馆所在地，又是全国著名的赏梅胜地。东湖梅园创建于1956年，目前是全世界梅花品种最全的梅花培育基地。

# 二

当门影壁塑毛公，诗作咏梅豪气雄。

先识寒英神韵在，再迎一海暗香茏。

注：梅园迎面是毛泽东笑坐梅岭的影壁，影壁上是他写下的《卜算子·咏梅》著名诗篇，影壁的背面是"清静"二字。

# 三

圃林千亩植琼英，二万余株树向荣。

三百种型多异品，成全武汉市花名。

注：东湖梅园创建于1956年，目前面积已扩大到800余亩，定植梅树2万余株，是全世界梅花品种最全的梅花培育基地。梅花为武汉市市花。

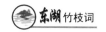

## 四

梅花香径引游人，疏影横斜不染尘。

松竹周边相掩映，岁寒三友竞争春。

　　注：东湖梅园周围有劲松修竹掩映，自然而成岁寒三友景观。

## 五

曹刘煮酒易安词，和靖珍妻李白诗。

自古梅花情结雅，雕成典故说传奇。

　　注：东湖梅园建有青梅煮酒、梅妻鹤子、李白吟诗、李清照等梅花传奇人物雕塑四组。

# 东湖樱园

## 一

世界樱花三大都，中华独有在东湖。

磨山南麓园林秀，共与清波构美图。

注：武汉东湖磨山樱园位于梅园近旁的磨山南麓，占地260亩，与日本青森县的弘前樱花园、美国的华盛顿州樱花园并称为世界三大赏樱胜地。

## 二

七十八株樱树馨，缅怀英杰建华亭。

而今万木林成海，红白花开映碧青。

注：樱花园中最珍贵的是七十八棵樱花树，是日本前首相田中角荣为缅怀周恩来总理和纪念1978年中日友好条约的签订，赠送给邓颖超，再由邓颖超转赠东湖。

# 三

玉树万株云彩轻、缤纷明丽淡香生。

垂枝摇曳万千缕、直挂溪边瀑布樱。

注：樱花西内湖这溪旁盛开的500余株垂枝樱花，深受游客喜爱、被誉为"樱花瀑"。

# 四

五重塔上看风情，日式庭园布局精。

本是脱胎华夏艺，唐风度海入东瀛。

注：磨山樱花园以仿日本建筑的五重塔为中心，布以日本园林式虹桥、鸟居、千万等仿日建筑、而日式建筑多向唐朝建筑风格学习。

## 五

灯光璀璨满园辉，锦簇雪团花影飞。

乐舞古筝人似海，赏樱入夜不思归。

注：近年来，磨山樱园开启夜间赏樱模式，给园内建筑和樱花树配置了各种夜景灯、水下彩灯，烘托出满树的花影，让游客感受花前月下的浪漫情怀。

# 东湖杜鹃园

## 一

仰看磨山西一峰，俯听溪涧响叮咚。

杜鹃争艳依坡展，色彩斑斓花万重。

注：磨山杜鹃园位于磨山西一峰脚下，建于1985年，杜鹃园面积达175亩，约80万株，涵盖40多个品种。

## 二

野趣自然丘谷斜，漫山满目杜鹃花。

似云白朵浮岑嶅，红火点燃天际霞。

注：磨山杜鹃园是颇有丘谷野趣的自然风景园林。

## 三

青苍秀岭映山红，绚丽多姿落彩虹。

栈道扶栏观胜景，波澜花海浪随风。

注：杜鹃园花丛之中，藏着一条曲径通幽的花间栈道，长达 1.5 公里，供市民和游客驻足赏花。

## 四

浪漫江城四月天，东湖花色迭相连。

村郊远足何堪堵，怎比磨山看杜鹃。

# 东湖盆景园

## 一

庭园典致雅风涵，馆榭亭台缀水潭。
蹊径花墙藤蔓绕，磨山盆景忆江南。

注：磨山盆景园在磨山南麓，是一座曲型的江
南庭院，流水曲径巧妙相连。

## 二

树桩山石景微观，万件盆栽姿万端。
浓缩精华藏写意，沉吟揣度用心看。

注：盆景园面积近七十亩，各式盆景近万盆。

## 三

迎面榆桩盈丈高，卓超影壁映垂绦。
龙枝挺干苍根皱，二百年来树独豪。

注：盆景园大门照壁前，一株丈余高的榆树盆
景已有 200 多年历史。

## 四

同赏清芬宇量宽，牌楼题字伏龙盘。
珍藏奇卉慨然献，雅俗共观朱德兰。

注：1950 年，朱德元帅将他珍藏的《兰谱》和
兰花赠给东湖风景区，并欣然写下"同赏清芬"的
题词。

## 五

生机勃勃树栽盆，交错曲枝苍老根。
飞瀑假山峰秀列，见微知著石山魂。

# 东湖荷园

## 一

世界芙蕖品种多，江城盛誉尽包罗。
挂牌研究国家级，天下东湖第一荷。

注：磨山荷园也是中国荷花研究中心，荷花品
种达 700 多种。拥有世界上规模最大、品种最全的
荷花资源圃。

## 二

湖面幽光映水华，一鱼跃起唖莲花。
碧波镜照成双鲤，趣景荷园引拍家。

注：东湖荷园常有鱼跃咬莲的景象，引来摄影
者拍摄。

# 三

碧叶连天静客丹，喜看疾雨洗青盘。
飞珠溅玉荷矜立，最是清新奇妙观。

注：雨中荷花，亦为荷园一大景观。

# 四

九曲芙蓉两座桥，连通水陆望迢迢。
藕花深处无穷碧，翠拥红苞香远飘。

注：荷园内有九曲桥和芙蓉桥与两座小岛相连。

# 东湖桂花园

## 一

南麓朝阳翠拥岑，山坡草浅桂成林。

擎云华盖姿飘逸，郁郁葱葱四季荫。

注：桂花园在东湖磨山南坡，占地60多亩，引种桂花树上万株，主要为金桂、银桂、丹桂和四季桂。

## 二

秋日云高无市尘，木樨吐蕊引游人。

香飘艳溢云天外，沉醉东湖水亦醇。

注：木樨为桂花的别称。

# 东湖千帆亭

## 一

凉亭方正踮山腰，简朴扶栏坐石条。

放眼湖天帆隐约，长堤足下彩巾飘。

注：千帆亭在朱碑亭西，视野开阔，是观景的
极好去处，十里长堤宛在脚下。

## 二

千帆亭上看灯妆，璀璨流光摇影长。

湖岸朦胧波倒映，万家烁亮竞辉煌。

注：在千帆亭上看夜景，也是东湖一绝，近处
波光粼粼，对岸高楼流光溢彩，尽显城市美景。

# 经心书院

一

办学张公为育贤，经心盛誉百余年。
弘扬承续楚文化，书院重修翠岭边。

注：经心书院为清代张之洞任湖北学政时所设。
2015 年，在东湖磨山樱园重建。

二

建式仿唐庭院幽，古香木道入黉楼。
题名匾额余秋雨，张李师生塑像留。

注：重建的经心书院是一座仿唐式全木庭院，
院名由文化名人余秋雨题写。书院前树有张之洞
和经心书院学生、新中国第一任农业部长李书城
的铜像。

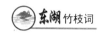

# 三

窗明几净雅书房，经史熏陶求学郎。
文化东湖藏底蕴，儒家要义楚天扬。

注：东湖文化资源深厚，经心书院设立了青少年传统文化学习基金和传统文化学堂。

# 楚辞轩

幽谷高台吊脚楼，楚辞轩阁纪来由。
屈原宋玉先河淌，唐勒景差冲浪游。

注：楚辞轩建在磨山的翠谷中，为楚式建筑风格的吊脚楼，为纪念楚辞的开创者屈原及宋玉，及后来者唐勒、景差而建。

# 蛮王冢

南望山麓向南看，白石牌坊赭瓦冠。
古代蛮王丘冢在，游人凭吊敬祠坛。

注：蛮王冢在东湖南望山南麓，前有牌坊，后有墓地。现为文物保护单位，游人不断。

# 磨山索道

## 一

凌空一线越东西，俯视林山脚下低。
索道跨长三百丈，惊看险景与天齐。

注：磨山索道西起磨山大门，东到祝融观星，全长约 1000 米。

一

索道楚天称首条，御风铁驾上天桥。
串联景点空中看，笑语伴随云彩飘。

注：磨山索道号称"湖北第一索"，越过磨山
主要景点。

## 磨山滑道

健身滑道进高山，曲折蜿蜒十二弯。
旱地雪橇坡下转，飞驰乐趣在连环。

注：磨山滑道又称旱地雪橇，全长800多米，
落差85米，有12道弯。

# 翠帷蕴谊

## 一

桂枫松柏树昌荣，来自全球友好城。
国际交流窗口敞，小园盛满五洲情。

注："翠帷蕴谊"是磨山西一峰山脚下一处占
地30亩的小巧园林，树木均由武汉市在世界各地友
好城市代表所栽，人们习惯称之为"友谊林"。

## 二

草茵坪上树常青，双笠交叉蕴谊亭。
恰似友人相拥抱，深长寓意见钟灵。

注：友谊林建有蕴谊亭，由双层十笠造型的两
个亭子相互连叠，好像一对友人相拥。

# 武汉植物园

## 一

三大核心占一员，万余物种蓊争妍。

园区面积近千亩，绿染山南一半天。

注：中国科学院武汉植物园磨山园区坐落在东湖磨山南麓，收集保育植物资源 12000 种，是我国三大核心科学植物园之一，也是国家 4A 级旅游景区。

## 二

异木奇花集大成，优培分类各繁荣。

教知根叶天生物，科普行游惜绿情。

# 荡雁景区

# 概说落雁

## 一

落雁自然生态园，滨湖湿地避尘喧。

交连港汊四湾岛，鹄梦回塘鹜打翻。

注：落雁景区开发建设了自然生态园，由四个半岛组成。"鹄梦回塘"为景观名，取自唐朝诗人温庭筠"凫雁满回塘"诗句之意境。

## 二

原生植被衍昌荣，农艺花园果树迎。

风动林涛看雁徙，采菱塘野听蛙鸣。

注：落雁景区湖滨湿地植被茂盛，农林特色明显。"塘野蛙鸣"为景观名称。

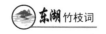

# 清河桥

## 一

楚式风情斗拱桥，双螭玉佩系中腰。

石栏雅洁雕龙凤，观景四台看渺迢。

注：清河桥连接落雁景区和磨山景区，总长150米，桥宽9米。该桥为楚式建筑风格，桥体中间为一个大型的汉白玉双龙玉佩，桥的两侧各有两个观景台。

## 二

桥头雄立像雕尊，史事感铭追远根。

楚国兵戈纷乱起，由基一箭定乾坤。

注：相传春秋时期，楚庄王在此地打了一次大仗，楚国神箭手一箭射死起兵叛乱的斗越椒，留下养由基"一箭定乾坤"的故事。现代在原址上重建的拱桥桥头矗立着养由基的青铜雕像。

# 鹊桥相会

撇肩拱式半弧形，搭起中间相会亭。

喜鹊铺桥千少一，两分牛女各孤零。

　　注：鹊桥以牛郎织女的传说为主题。该桥全长
77 米，寓意七夕相会，桥面上雕刻着 999 只喜鹊，
寓意喜鹊搭桥，桥的中间建有相会亭，而牛郎织女
的塑像各在桥的东西。

# 雁洲索桥

高阙古风垂险桥，悬空铁索步轻摇。

弧边紧贴团湖面，过往游人水上漂。

　　注：雁洲索桥是从乌龙通往关中咀的要道，全
长 120 米，宽 2 米。桥墩是按出土汉代砖上的图案
而建的水阙，铁链上铺木板，两旁铁索扶手。桥的
中间弧底在丰水期时，离湖面不足 1 米，桥上行人
如在水上漂一般。

# 赵氏花园

民初买办赵宗涛，起建花园选隰皋。

庭院廊台花草木，山庄别墅雅中豪。

注：赵氏花园是民国初期买办资本家赵宗涛的花园别墅，建在乌龙咀半岛上，除了豪华的墅舍建筑外，还有精致的园林庭院，配套设施有泊船码头。

# 芦洲古渡

赵氏花园配码头，名流汇集泊霞舟。

有桥今日何须渡，荡漾舼船载客游。

注：芦洲古渡原为赵氏花园的配套码头，是前来游玩的官宦富商泊船之地。现在，游船可在此停靠。

# 乌龙古井

古井石栏苔藓生，庄王思饮扎兵营。

窟深莫测乌龙卧，不竭千年泉满盈。

注：乌龙古井相传为楚庄王平定斗越椒叛乱时，官军的饮水之处。民间传说此井为乌龙眼，不论旱涝，水位始终不变。

# 乌龙潭

两山夹峙一溪长，直泻巨岩成瀑床。

斜挂飞流溅崖畔，一潭活水耀粼光。

注：乌龙潭位于东谷山冲底头，两山夹峙，中为一线幽涧，潭上平列着一排一丈多高的巨岩，因此形成瀑床。

# 雁栖坪沙

乌龙咀上草坪青，岩骨飞来化雁形。
湖畔嶙峋多异石，千奇百怪有通灵。

注：落雁景区多有天然怪石，其中乌龙咀草坪
上有酷似两只大雁的巨石。

# 落雁玫瑰园

## 一

落雁同栖火热花，玫瑰引进映红霞。
中西合璧廊亭看，浪漫情怀咏丽葩。

注：玫瑰园位于落雁坪沙，有三万多株玫瑰花
和月季花，其中有从国外引进的珍稀玫瑰花品种。

## 二

万株花树紫红英，摇曳徘徊曼舞轻。

浪漫伴随音乐起，盘飞落雁也欢鸣。

注：玫瑰园内有各类大型树状玫瑰品种。园区经常组织"爱情文化"主题活动。

# 田园童梦

## 一

稻菽秧青油菜黄，欣怡都市有田庄。

儿童雀跃引鸢舞，一线牵人回梦乡。

注：田园童梦在东湖绿道郊野道，菜畦农田分布其中，有儿童活动场地和采摘场地，是都市里的一处农庄。

## 二

青藤翠叶吊匏瓜，果树伸枝挽落霞。

采摘菜蔬犹自得，喧嚣园外任由他。

# 白马洲

## 一

形态原生不琢雕，环湖阔朗水迢迢。

皋原半岛青洲渚，星布池塘景溇溇。

注：白马洲位于东湖的最北端，水面辽域，湖中有湖，池塘众多。

## 二

四面环湖白马洲，狭长水面泛兰舟。

连绵果树沿堤种，湿地深滩野鹜游。

注：白马洲原是一片荒滩，近年来开发建设成新景观。

## 白马冢

久传白马冢名扬，抗魏联刘鲁肃忙。

坐骑不辞夤夜疾，尽忠笃烈力殚亡。

注：白马洲因白马冢得名。相传三国时东吴名士鲁肃为联合抗曹去刘备处游走，坐骑白马日夜奔跑，在东湖陷入泥沼而死。鲁肃厚葬白马于此地，并将坟地周边取名为白马洲。

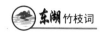

# 白马回首

观景高台看四方，东端半岛倚湖长。
群雕骥骏神姿异，白马回头望水乡。

注：白马回首是一处景观，在东湖最东端的一处长形半岛上，筑有高台观景，近处是群马雕塑。

# 白马驿站

## 一

馆驿二层精细工，木梁玉柱碧瑶宫。
立墩披彩虎皮石，青瓦白墙荆楚风。

注：白马驿站位于东湖东北端，是东湖绿道二期的亮点之一，具有浓郁的楚地风格。

# 二

廊阁合围庭院幽，中间景石涌泉流。

不同马字铭坪面，藏典匠心修馆楼。

注：白马驿站的第一层，由几栋建筑围成庭院，中有景石和喷泉，水景地面用中国印印章将不同的"马"字印刻，寓含"鲁肃隐马"典故。

# 桃花岛

小岛玲珑竞冶华，走廊百步野蹊斜。

豁然开朗林葱郁，灿烂桃花缀彩霞。

注：白马洲上一处岛堤相连的桃花岛，面积约7万平方米，岛上种植桃花，并新建东湖国际公共艺术园。

# 北洋桥

单拱通流坡顶巅，红砂石块法圈圆。

江城第一古桥在，砥浪经霜五百年。

注：北洋桥是武汉市历史最悠久的古桥，始建于唐代，后多次重建，最近一次重建，在明弘治十七年 (1504 年)。法圈：拱券，一种建筑结构。

# 东湖国际公共艺术园

桃花岛上涌新潮，荟萃名家展塑雕。

艺术本为公共赏，探真寻美立园标。

注：东湖国际公共艺术园位于桃花岛，在岛上设有多个艺术雕塑，展示国内外艺术大师的作品，是武汉展示当代国际公共艺术的窗口。

## 《水》雕塑

认知生命敬源头，涵养环球厚九州。

汉字若无三点水，江河湖海涸波流。

注：东湖国际公共艺术园《水》雕塑，将凝结的水瞬间放大，通过水的反射，再看广阔的湖水，引起对生命和世界的感悟。

## 白马花海

月季玫瑰献七彩，宿根草甸汇花海。

寒生梅萼暗香来，交替繁葩千百态。

注：白马洲建有上规模的各种花圃，形成花卉大世界。

# 星光璀璨（劳模岛）

群星璀璨会英模，劳动光荣是正途。
工匠精神雕像伟，丹书铁券立东湖。

注：星光璀璨是东湖为弘扬劳模精神在白马洲一处小岛营造的雕塑园，以群雕和个体雕塑的方式展现当代 24 位劳模，采用"丹书铁券"的寓意，宣扬劳模的先进事迹。

# 荷塘月色

九塘九景九奇葩，别样丛生水上花。
栈道凌波穿碧叶，四时异景月添华。

注：荷塘月色景观有九口塘，分别以荷花、王莲、睡莲、鸢尾、菖蒲、水葱、美人蕉、茭白、荇菜九种湿生植物为主，一塘一景。特别设置了水面栈道，让游客可以漫步于荷塘之中。

# 吹笛景区

# 概说吹笛

## 一

山岭迂回十七峰，东西走向卧双龙。

森林万亩交相绿，樟树枫香马尾松。

注：吹笛景区有十七座山峰形成两条东西走向的山脉。森林主要是以马尾松为主的针叶林和以樟树、枫香为主的阔叶林混合林带。

## 二

湖畔秀峦仙迹留，竹音婉转绕山头。

鸟鸣鱼跃樵夫醉，吹笛招来羁客游。

注：吹笛山濒临东湖，相传有仙人云游至此吹笛，引得鱼跃鸟鸣，仙人大悦，便将此山取名为吹笛山，长居于此。

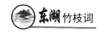 

# 马鞍山

## 一

景观主体马鞍山，覆盖森林翠岭环。

生态自然添野趣，清新灏气净尘寰。

注：吹笛景区的主体是马鞍山森林公园，广阔的森林和湿地，构成以自然、生态、清新、野趣为主的生态特色。

## 二

中间凹陷两头翘，状若马鞍披绿飙。

叠嶂层峦云缭绕，氧吧充溢漫山腰。

注：马鞍山因中间凹陷两头突起形如马鞍而得名，森林覆盖，空气清新，有天然氧吧之称。

# 晓塘春色

池畔茶园倚曲栏，杏林春早半轻寒。

枫桥水影流樱雪，五色缤纷花海观。

注：晓塘春色是进入马鞍山森林公园的第一个景点。池畔茶园、杏林春早、枫林流樱，均为景点。

# 毕山竹影看竹雪

毕山斑竹志飓飞，每约璇花两不违。

洗翠凝珠贞节见，湘妃还喜结琼妃。

注：湘妃，竹的别称；璇花、琼妃，均为雪的雅称。

# 七彩网红桥

七彩长桥爆网红，抖音震颤摆摇中。

两方迎面晃谁下，游玩开怀果不同。

注：马鞍山森林公园内新建一条七彩软体桥，供两队游人对面站在桥上互摇，一方坠桥，另一方获胜。因其娱乐性人气飙升，迅速成为网红。

# 松鸽坪

二山坡下草坪宽，千鸽放飞云下盘。

人鸟和谐齐互动，祥和瑞庆满湖滩。

注：松鸽坪位于马鞍山森林公园内毕家山和袁家山之间的平坦草坪，濒临东湖，草坪边鸽楼养有一千多只广场鸽。

# 烧烤乐园

烧烤乐园撩出行，游人拨动野郊情。
忽而水畔闻吹笛，扑鼻浓香伴乐声。

注：烧烤乐园是马鞍山森林公园袁家山南麓专
门划定的一片区域，游客可租炉具，自行野营烧烤。

# 太渔桥

太渔桥下太公悠，不钓鳞鱼钓伯侯。
愿者上钩千古说，只悬奥妙探芳洲。

注：太渔桥在吹笛太渔山下国家湿地公园，传
说姜太公曾在桥下垂钓，留下"姜太公钓鱼——愿
者上钩"的故事。

# 时见鹿书店

马鞍倚背面湖塘，经笥五车传墨香。

幽处树深时见鹿，脱尘入定读书郎。

注：时见鹿书店背靠马鞍山，面朝喻家湖，店名取自李白诗句"树深时见鹿，溪午不闻钟"。书店由三栋环立的建筑组成，简洁而典雅。

# 凌霄阁

白玻红柱接灰墙，楼阙三重透古香。

登阁凌霄山岭小，马鞍只在雾中藏。

注：凌霄阁位于马鞍山第二高峰吊鞍山顶，阁高三层，上面两层为红柱玻璃墙，最下层为红门灰墙，登阁可观整个森林公园。

武汉欢乐谷

# 欢乐谷

## 一

东湖北岸梦之城，欢乐谷中欢乐声。

复合新潮生态绿，多元文化扎连营。

注：欢乐谷位于东湖北岸，是我国中部地区倾力打造的复合型、生态型和创新型的大型文化公园，于2012年4月开园迎宾。

## 二

圆环弹射过山车，木翼双龙驾彩霞。

影院舞台精品献，百般文娱乐全家。

注：欢乐谷现有100多项娱乐体验项目，包括多项全球顶尖游乐设备和文娱设施。

# 玛雅海滩水公园

异域风情水主题，海滩冲浪跃身跻。
玄灵玛雅图腾柱，古远文明游客迷。

注：玛雅海滩水公园在东湖欢乐谷，融合玛雅文明与现代水上游乐体验。

# 麦鲁小城

清音雏凤唱童歌，长大成人干什么？
麦鲁小城先试职，五行八作趣儿多。

注：麦鲁小城是欢乐谷中儿童职业体验乐园，城里有数十座不同风格的房屋，孩子们可以体验各种职业角色。

# 华侨城湿地公园

华侨城域湿滩区，绿道长龙戏翠珠。
生态景观科普鉴，精雕细琢护东湖。

注：华侨城湿地公园属于欢乐谷，公园在注重保护原有植被的基础上精细整治，集生态保护与环保教育功能为一体，提供多样化景观体。

# 东湖海洋乐园

# 东湖海洋世界

## 一

万千鱼类供观光，开放东湖向海洋。

寓教于游知溟澥，穿行透视水晶墙。

注：海洋世界位于东湖梨园左侧，共有九座展馆，展示千余种万余尾海洋珍稀鱼类。

## 二

趣谈科普识汪洋，推动全民爱海疆。

蓝色星辰同维护，地球本是一村庄。

注：东湖海洋世界集观赏性、游乐性、趣味性、知识性于一体，被国家和省市有关部门定为"科普教育基地"，是目前最具特色、国内一流的大型动感海洋世界。

## 三

透明隧道越溟池，大海众生呈矫姿。

奥邃斑斓无限景，奇观洋底眼迷离。

注：海洋世界建有透明玻璃海底隧道，可近距
离观赏水下世界的幽深和神秘。

## 四

水母轻盈梦幻仙，人鲨互动舞翩跹。

企鹅憨态蹒跚步，海兽诙谐一指禅。

注：海洋世界推出一系列海洋动物表演节目，
有人鲨共舞的惊心动魄、海兽表演的幽默诙谐、企
鹅宝贝的憨态可掬。

# 五

灵巧海龟华尔兹，鲛鲨软骨曲伸姿。
虹鱼颤动肚皮舞，尽显水生身段奇。

注：海洋动物经驯化，可表演各种舞蹈和各种
高难度动作。

# 六

玫瑰花瓣美人鱼，游弋摆摇还自如。
潜水演员呈绝技，空翻旋转体轻舒。

注：潜水员在水下走廊里与游客们互动拍照，
趣味盎然。

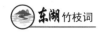

# 飞鸟世界

## 一

梨园左侧绿川岑，再造全新鸟语林。
动物栖居多样化，珍稀走兽伴飞禽。

注：飞鸟世界是海洋世界的景观，是精品鸟类主题公园，并伴以走兽和水生动物。

## 二

鸵仔家园豚鼠陂，猛禽地带彩鹦枝。
神奇鸟语天鹅黑，动物乐园童话诗。

注：飞鸟世界有鸵仔家园、豚鼠空间、彩鹦谷、神奇鸟语林、黑天鹅湖等十多处景点。

## 三

逗来萌宠食轻投，感受自然亲子游。
互动和谐相处乐，回归生态绿长留。

# 东湖特产

# 东湖荷塘三宝

莲藕乌菱蓬籽珠，荷塘三宝数东湖。

纵为碧叶连天际，浩渺湖边红几隅。

注：东湖盛产菱角、莲藕、莲子，主要用作观赏、科研和培优，虽然种植面积很大，但相比辽阔的水面，也显得不多。

# 东湖莲藕

培优荷品玉玲珑，赏叶观花莲藕丰。

苗种改良传异地，东湖乐与水乡融。

注：东湖培育的优良莲藕荷品，作为商品种苗在各地水乡延续传播。

# 东湖茶园

## 一

风景幽深毓物华，磨山坡下植名茶。

经年老树新枝秀，葱绿满园看叶嘉。

　　注：东湖磨山南坡辟有茶园，此处避风向阳，雨水充足，土层深厚，适合茶树生长。叶嘉：茶叶的别称。

## 二

一叶芽升白浪尖，醇和爽冽沁回甜。

轻披绿羽尝香茗，翡翠清汤看秀纤。

　　注：白浪尖、绿羽，都是著名的东湖特产名茶。